Honoré de Balzac

Le Colonel Chabert (1844)

Texte intégral

LE DOSSIER

Un récit réaliste et historique

L'ENQUÊTE

L'épopée napoléonienne

Notes et dossier
Nora Nadifi
Agrégée de lettres classiques

Collection dirigée par
Bertrand Louët

Hatier

Sommaire

OUVERTURE

Auguste Raffet (1804-1860), Napoléon à Waterloo, *gravure (1830), Paris, BNF.*

ISBN : 978-2-218-94880-0

Les termes précédés d'un astérisque renvoient au lexique page 148.

Qui sont les personnages ?

Les personnages principaux

LE COLONEL CHABERT

Enfant trouvé, Hyacinthe Chabert est devenu comte puis colonel sous l'Empire. Laissé pour mort à la bataille d'Eylau, il revient à Paris où il veut recouvrer son identité et retrouver son épouse.

Les personnages secondaires

LE COMTE FERRAUD

Aristocrate royaliste sans fortune, il a refusé la carrière promise par l'Empereur. Mais son mariage avec la comtesse Chabert lui a permis de s'enrichir.

LA COMTESSE FERRAUD

Femme de condition modeste et de mœurs légères devenue l'épouse du comte Chabert. Croyant son mari mort, elle a hérité une partie de sa fortune et s'est remariée au comte Ferraud, dont elle a deux enfants.

DERVILLE

Avocat expérimenté et habile, il décide de venir en aide au colonel Chabert ; la comtesse Ferraud est également sa cliente.

DELBECQ

Ancien avoué ruiné devenu secrétaire du comte Ferraud, il est aux ordres de la comtesse.

LOUIS VERGNIAUD

Nourrisseur humble et généreux qui loge Chabert.

Quelle est l'histoire ?

Les circonstances

Nous sommes à Paris en 1815, sous la Restauration. Le colonel Chabert, que tout le monde croyait mort à la bataille d'Eylau, remportée par Napoléon en 1807 contre les Russes, demande à l'avoué Derville de l'aider à recouvrer ses droits, sa fortune et son épouse.

L'action

1. Le colonel Chabert se rend chez l'avoué Derville auquel il fait un incroyable récit : tous le croient mort à la bataille d'Eylau, mais il a survécu. Impressionné et ému par les mésaventures du colonel Chabert, Derville décide de l'aider et commence par lui prêter de l'argent.

2. Quelques semaines plus tard, Derville rend visite à Chabert qui loge misérablement chez un nourrisseur, Louis Vergniaud. L'avoué lui fait comprendre qu'un procès serait trop coûteux : il envisage une autre solution.

Une soirée des Tuileries en juillet 1815, *gravure anonyme (XIXe siècle), Paris, Musée Carnavalet.*

Le but

À travers le destin tragique du colonel Chabert, Honoré de Balzac évoque le passage de l'Empire à la monarchie et le triomphe qui en résulte : celui de l'égoïsme bourgeois sur l'héroïsme militaire.

3. Derville organise une rencontre entre Chabert et la comtesse Ferraud à son cabinet : il leur propose de passer une transaction afin que Chabert recouvre une partie de sa fortune. Mais l'entrevue se passe très mal…

4. La comtesse emmène Chabert dans sa résidence de Groslay où, avec l'aide de son secrétaire Delbecq, elle essaie de lui faire signer un acte pour remédier à leur situation.

Qui est l'auteur ?

Honoré de Balzac (1799-1850)

● DES DÉBUTS LABORIEUX

Né le 20 mai 1799 à Tours, Balzac s'installe en 1814 avec sa famille à Paris. Après des études de droit, il travaille comme clerc de notaire. Lorsque sa famille quitte la capitale, faute d'argent, il décide d'y rester pour « écrire ». Les débuts sont difficiles et il survit en écrivant sous des pseudonymes des romans « alimentaires », romans noirs ou d'aventures destinés au grand public.

● DES PREMIERS SUCCÈS AU GRAND PROJET

Après avoir perdu beaucoup d'argent investi dans l'édition et l'imprimerie, il se consacre à l'écriture. Avec *La Physiologie du mariage* (1829) et *La Peau de chagrin* (1831), il connaît le succès auprès d'un public féminin. Parmi ses admiratrices figure la comtesse Eve Hanska, qui deviendra sa maîtresse puis sa femme. Après avoir écrit d'abord des œuvres publiées dans des revues, un grand projet se forme : il veut réunir ces récits en un ouvrage global où il rend compte des mœurs de la société. Avec *Le Père Goriot* (1835) lui vient l'idée de faire réapparaître ses personnages d'un roman à l'autre. En 1841, il signe un contrat pour publier toutes ses œuvres sous le titre *La Comédie humaine*. Mais, harcelé par ses éditeurs, épuisé par le travail et les difficultés financières, Balzac se fragilise. Il meurt à Paris en 1850, ayant écrit près de quatre-vingt-dix romans et créé plus de deux mille personnages !

VIE DE BALZAC	**1799** Naissance d'Honoré de Balzac		**1819** Bachelier en droit	**1820-1830** Publications sous des noms d'emprunt et entreprises hasardeuses	**1830** Collabore à divers journaux et commence à signer « de Balzac »
HISTOIRE	**2 décembre 1804** Sacre de Napoléon empereur : Premier Empire	**1807** Bataille d'Eylau	**1810-1812** Campagne de Russie	**18 juin 1815** Défaite napoléonienne de Waterloo ; exil à Sainte-Hélène	**1821** Mort de Napoléon

Que se passe-t-il à l'époque ?

Sur le plan politique

● NAPOLÉON EMPEREUR

Il devient empereur en 1804 sous le nom de Napoléon Ier. Ses batailles et conquêtes galvanisent toute une génération mais la défaite de Waterloo (1814) sonne le glas de son règne.

● LA RESTAURATION

La monarchie est rétablie avec la Restauration (1815). En juillet 1830, le peuple se révolte : on instaure une monarchie parlementaire, plus libérale, avec Louis-Philippe. Il est renversé en 1848 et laisse place à la IIe République, présidée par Louis-Napoléon Bonaparte.

● QUELLES CLASSES SOCIALES DOMINENT ?

Une ère de conservatisme politique et social s'ouvre. L'ambition se tourne vers l'argent. La bourgeoisie, raillée par Balzac, se développe.

Dans le domaine des lettres

● LA NAISSANCE DU ROMANTISME

Au début du siècle apparaît ce courant artistique qui exalte les thèmes du destin, de la gloire, de l'individu, de l'expression du moi. Ses chefs de file sont Hugo, Chateaubriand, Musset et le peintre Delacroix.

● LE RÉALISME EN LITTÉRATURE

Cet autre courant vise à reproduire le réel. Les œuvres réalistes décrivent les rapports entre les individus et les mécanismes des milieux sociaux. Balzac est le précurseur du genre.

● LE SIÈCLE DU ROMAN

Romantiques et réalistes font du roman leur genre de prédilection et lui confèrent une place de premier plan qu'il conserve aujourd'hui.

1831 Consécration avec la publication de *La Peau de chagrin*

1833 *Eugénie Grandet*

1836 *Le Lys dans la vallée*

1841 Contrat pour la publication de *La Comédie humaine*

1844 Publication du *Colonel Chabert*

1850 Mort d'Honoré de Balzac

1815-1830 Seconde Restauration (règnes de Louis XVIII puis Charles X en 1824)

1830 Révolution puis monarchie de Juillet (règne de Louis-Philippe)

1848 Révolution et instauration de la IIe République

2 décembre 1851 Coup d'État de Louis-Napoléon Bonaparte : Second Empire

Le Colonel Chabert

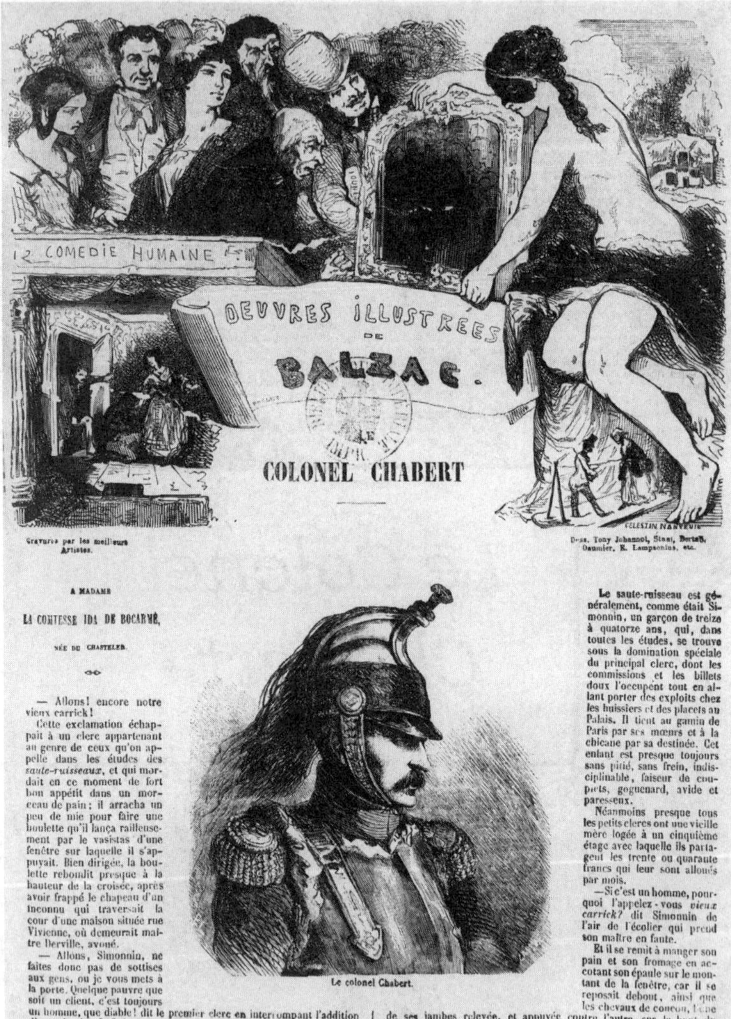

LA COMEDIE HUMAINE

OEUVRES ILLUSTRÉES DE BALZAC.

COLONEL CHABERT

Gravures par les meilleurs Artistes.

Dess. Tony Johannot, Staal, Bertall, Daumier, E. Lampsonius, etc.

A MADAME

LA COMTESSE IDA DE BOCARMÉ,

NÉE DU CHASTELER.

— Allons! encore notre vieux carrick!

Cette exclamation échappait à un clerc appartenant au genre de ceux qu'on appelle dans les études des *saute-ruisseaux*, et qui mordait en ce moment de fort bon appétit dans un morceau de pain; il arracha un peu de mie pour faire une boulette qu'il lança railleusement par le vasistas d'une fenêtre sur laquelle il s'appuyait. Bien dirigée, la boulette rebondit presque à la hauteur de la croisée, après avoir frappé le chapeau d'un inconnu qui traversait la cour d'une maison située rue Vivienne, où demeurait maître Derville, avoué.

— Allons, Simonnin, ne faites donc pas de sottises aux gens, ou je vous mets à la porte. Quelque pauvre que soit un client, c'est toujours un homme, que diable! dit le premier clerc en interrompant l'addition d'un mémoire de frais.

Le colonel Chabert.

Le saute-ruisseau est généralement, comme était Simonnin, un garçon de treize à quatorze ans, qui, dans toutes les études, se trouve sous la domination spéciale du principal clerc, dont les commissions et les billets doux l'occupent tout en allant porter des exploits chez les huissiers et des placets au Palais. Il tient au gamin de Paris par ses mœurs et à la chicane par sa destinée. Cet enfant est presque toujours sans pitié, sans frein, indisciplinable, faiseur de couplets, goguenard, avide et paresseux.

Néanmoins presque tous les petits clercs ont une vieille mère logée à un cinquième étage avec laquelle ils partagent les trente ou quarante francs qui leur sont alloués par mois.

— Si c'est un homme, pourquoi l'appelez-vous *vieux carrick?* dit Simonnin de l'air de l'écolier qui prend son maître en faute.

Et il se remit à manger son pain et son fromage en accotant son épaule sur le montant de la fenêtre, car il se reposait debout, ainsi que les chevaux de coucou, l'une de ses jambes relevée, et appuyée contre l'autre, sur le bout du soulier.

Le Colonel Chabert, *gravure extraite de* La Comédie humaine *(édition de 1874), Paris, BNF.*

À MADAME LA COMTESSE IDA DE BOCARMÉ, NÉE DU CHASTELER[1]

« Allons ! encore notre vieux carrick[2] ! »

Cette exclamation échappait à un clerc[3] appartenant au genre de ceux qu'on appelle dans les études des *saute-ruisseaux*[4], et qui mordait en ce moment de fort bon appétit dans un morceau de pain ; il en arracha un peu de mie pour faire une boulette et la lança railleusement par le vasistas d'une fenêtre sur laquelle il s'appuyait. Bien dirigée, la boulette rebondit presque à la hauteur de la croisée, après avoir frappé le chapeau d'un inconnu qui traversait la cour d'une maison située rue Vivienne, où demeurait Me Derville, avoué[5].

« Allons, Simonnin, ne faites donc pas de sottises aux gens, ou je vous mets à la porte. Quelque pauvre que soit un client, c'est toujours un homme, que diable ! » dit le Maître clerc[6] en interrompant l'addition d'un mémoire[7] de frais.

Le saute-ruisseau est généralement, comme était Simonnin, un garçon de treize à quatorze ans, qui dans toutes les études se trouve sous la domination spéciale du Principal clerc dont les

1. **Comtesse Ida de Bocarmé** : comtesse belge, admiratrice et amie de Balzac, à laquelle il dédicaça le *Colonel Chabert*.
2. **Carrick** : ample redingote, portée à l'origine par les cochers (terme écossais), qui n'est plus à la mode sous la Restauration.
3. **Clerc** : employé stagiaire se préparant à devenir notaire, huissier, ou, comme ici, avoué.
4. **Saute-ruisseaux** : petit clerc d'avoué qui fait office de coursier.
5. **Me Derville, avoué** : « Me » est l'abréviation de « Maître », titre donné à un avoué, c'est-à-dire un officier de justice chargé de représenter les parties devant les cours d'appel et qui s'occupe des procédures.
6. **Maître clerc** : clerc le plus important de l'étude.
7. **Mémoire** : écrit destiné à exposer la requête d'un plaideur.

Le récit commence *in medias res* afin que le lecteur soit immédiatement plongé dans l'univers réaliste du roman. Ici, la scène se passe dans un cabinet d'avoués.

commissions et les billets doux l'occupent tout en allant porter des exploits[1] chez les huissiers et des placets[2] au Palais[3]. Il tient au gamin[4] de Paris par ses mœurs, et à la Chicane[5] par sa destinée. Cet enfant est presque toujours sans pitié, sans frein, indisciplinable, faiseur de couplets, goguenard[6], avide et paresseux. Néanmoins presque tous les petits clercs ont une vieille mère logée à un cinquième étage avec laquelle ils partagent les trente ou quarante francs qui leur sont alloués par mois●.

« Si c'est un homme, pourquoi l'appelez-vous vieux carrick ? » dit Simonnin de l'air de l'écolier qui prend son maître en faute.

Et il se remit à manger son pain et son fromage en accotant[7] son épaule sur le montant de la fenêtre, car il se reposait debout, ainsi que les chevaux de coucou[8], l'une de ses jambes relevée et appuyée contre l'autre, sur le bout du soulier.

« Quel tour pourrions-nous jouer à ce chinois-là[9] ? » dit à voix basse le troisième clerc nommé Godeschal en s'arrêtant au milieu d'un raisonnement qu'il engendrait dans une requête[10] grossoyée[11] par le quatrième clerc et dont les copies étaient

1. **Exploit** : acte judiciaire rédigé et signé par un huissier.
2. **Placet** : copie d'une assignation à comparaître remise au greffe d'un tribunal.
3. **Palais** : désigne le Palais de Justice.
4. **Gamin** : ce terme, péjoratif ici, désigne l'enfant qui passe son temps à jouer dans la rue.
5. **Chicane** : désigne, péjorativement, les gens qui s'occupent de procédure, comme les avoués, les huissiers.
6. **Goguenard** : moqueur.
7. **Accoter** : appuyer, prendre appui d'un côté.
8. **Coucou** : petite voiture publique qui transportait quatre à huit passagers, dans les environs de Paris.
9. **Chinois** : terme moqueur ici qui désigne quelqu'un dont l'apparence a quelque chose de désagréable, de burlesque.
10. **Requête** : acte rédigé adressé à un magistrat afin d'initier une procédure.
11. **Grossoyer** : copier, expédier un acte, un jugement.

● **Cette dernière phrase montre que, malgré ses défauts, le saute-ruisseau travaille pour nourrir sa famille.**

faites par deux néophytes[1] venus de province. Puis il continua son improvisation● : «… Mais, dans sa noble et bienveillante sagesse, Sa Majesté Louis Dix-Huit● (mettez en toutes lettres, hé ! Desroches le savant qui faites la Grosse[2] !), au moment où Elle reprit les rênes de son royaume, comprit… (qu'est-ce qu'il comprit, ce gros farceur-là ?) la haute mission à laquelle Elle était appelée par la divine Providence !… (point admiratif● et six points : on est assez religieux au Palais pour nous les passer), et sa première pensée fut, ainsi que le prouve la date de l'ordonnance ci-dessous désignée●, de réparer les infortunes causées par les affreux et tristes désastres de nos temps révolutionnaires, en restituant à ses fidèles et nombreux serviteurs (nombreux est une flatterie qui doit plaire au Tribunal) tous leurs biens non vendus, soit qu'ils se trouvassent dans le domaine public, soit qu'ils se trouvassent dans le domaine ordinaire ou extraordinaire de la couronne, soit enfin qu'ils se trouvassent dans les dotations d'établissements publics, car nous sommes et nous nous prétendons habiles à soutenir que tel est l'esprit et le sens

1. **Néophyte** : débutant.
2. **La Grosse** : désigne la copie en gros caractères d'un acte ou d'un jugement.

● **Godeschal dicte ici une requête pour la vicomtesse de Grandlieu – qui a existé – afin qu'elle recouvre la propriété d'un hôtel particulier confisqué à la Révolution et qui abrite dès 1804 la grande Chancellerie de la Légion d'Honneur.**

● **Louis XVIII (1755-1824) fut roi de France en 1814-1815 et de 1815 à 1824. Petit-fils de Louis XV, il fuit la France en 1791. À la chute de l'Empire, il instaure une monarchie constitutionnelle (Charte de 1814). Il régnera à nouveau après les Cent-Jours.**

● **Le point admiratif est le point d'exclamation.**

● **Il s'agit de l'ordonnance de décembre 1814 (et non de juin, comme le dit plus bas le Premier clerc) qui rendait à leurs anciens propriétaires des biens confisqués sous la Révolution.**

de la fameuse et si loyale ordonnance rendue en... ! Attendez, dit Godeschal aux trois clercs, cette scélérate de phrase a rempli la fin de ma page. – Eh bien, reprit-il en mouillant de sa langue le dos du cahier afin de pouvoir tourner la page épaisse de son papier timbré, eh bien, si vous voulez lui faire une farce, il faut lui dire que le patron ne peut parler à ses clients qu'entre deux et trois heures du matin : nous verrons s'il viendra, le vieux malfaiteur ! » Et Godeschal reprit la phrase commencée : « rendue en... Y êtes-vous ? demanda-t-il.

– « Oui », crièrent les trois copistes.

Tout marchait à la fois, la requête, la causerie et la conspiration●.

« Rendue en... Hein ? papa Boucard, quelle est la date de l'ordonnance ? il faut mettre les points sur les i, saquerlotte[1] ! Cela fait des pages.

– Saquerlotte ! répéta l'un des copistes avant que Boucard le Maître clerc n'eût répondu.

– Comment, vous avez écrit saquerlotte ? s'écria Godeschal en regardant l'un des nouveaux venus d'un air à la fois sévère et goguenard.

– Mais oui, dit Desroches le quatrième clerc en se penchant sur la copie de son voisin, il a écrit : Il faut mettre les points sur les i, et sakerlotte avec un k. »

Tous les clercs partirent d'un grand éclat de rire.

1. **Saquerlotte :** équivalent du juron saperlotte ou saperlipopette.

● **Cela signifie que, dans le même temps, les clercs travaillent, discutent et préparent une « farce » à jouer au client qui va arriver.**

« Comment, Monsieur Huré, vous prenez saquerlotte pour un terme de Droit, et vous dites que vous êtes de Mortagne[1] ! s'écria Simonnin.

– Effacez bien ça ! dit le Principal clerc. Si le juge chargé de taxer le dossier voyait des choses pareilles, il dirait qu'on se moque de la barbouillée[2] ! Vous causeriez des désagréments au patron. Allons, ne faites plus de ces bêtises-là, Monsieur Huré ! Un Normand ne doit pas écrire insouciamment une requête. C'est le : Portez arme ! de la Basoche[3].

– Rendue en… en ?… demanda Godeschal. Dites-moi donc quand, Boucard ?

– Juin 1814 », répondit le Premier clerc sans quitter son travail.

Un coup frappé à la porte de l'étude interrompit la phrase de la prolixe[4] requête. Cinq clercs bien endentés, aux yeux vifs et railleurs, aux têtes crépues, levèrent le nez vers la porte, après avoir tous crié d'une voix de chantre[5] : « Entrez. » Boucard resta la face ensevelie dans un monceau d'actes, nommés broutille en style de Palais, et continua de dresser le mémoire de frais auquel il travaillait.

L'étude était une grande pièce ornée du poêle classique qui garnit tous les antres de la chicane. Les tuyaux traversaient diagonalement la chambre et rejoignaient une cheminée condamnée sur le marbre de laquelle se voyaient divers morceaux de pain,

1. **Mortagne** : chef-lieu de canton de l'Orne, en Basse-Normandie. Huré devrait donc connaître la forme saquerlotte, employée en Normandie.
2. **Se moquer de la barbouillée** : se moquer de tout, du moment qu'on parvient à ses fins.
3. **La Basoche** : désigne l'ensemble des clercs de justice.
4. **Prolixe** : trop long, verbeux.
5. **Chantre** : à l'origine, chanteur dans un service religieux ; personne qui célèbre quelque chose ou quelqu'un.

des triangles de fromage de Brie, des côtelettes de porc frais, des verres, des bouteilles, et la tasse de chocolat du Maître clerc.

L'odeur de ces comestibles s'amalgamait si bien avec la puanteur du poêle chauffé sans mesure, avec le parfum particulier aux bureaux et aux paperasses, que la puanteur d'un renard n'y aurait pas été sensible. Le plancher était déjà couvert de fange[1] et de neige apportée par les clercs. Près de la fenêtre se trouvait le secrétaire à cylindre du Principal, et auquel était adossée la petite table destinée au second clerc. Le second faisait en ce moment le Palais[2]. Il pouvait être de huit à neuf heures du matin. L'étude avait pour tout ornement ces grandes affiches jaunes qui annoncent des saisies immobilières, des ventes, des licitations entre majeurs et mineurs, des adjudications définitives ou préparatoires, la gloire des études ! Derrière le Maître clerc était un énorme casier qui garnissait le mur du haut en bas, et dont chaque compartiment était bourré de liasses d'où pendait un nombre infini d'étiquettes et de bouts de fil rouge qui donnent une physionomie spéciale aux dossiers de procédure. Les rangs inférieurs du casier étaient pleins de cartons jaunis par l'usage, bordés de papier bleu, et sur lesquels se lisaient les noms des gros clients dont les affaires juteuses se cuisinaient en ce moment. Les sales vitres de la croisée laissaient passer peu de jour. D'ailleurs, au mois de février, il existe à Paris très peu d'études où l'on puisse écrire sans le secours d'une lampe avant dix heures, car elles sont toutes l'objet d'une négligence assez concevable : tout le monde y va, personne n'y reste, aucun intérêt personnel ne s'attache à ce qui est si banal ; ni l'avoué, ni

1. **Fange** : boue.
2. **Faire le palais** : expression signifiant se trouver au Palais de Justice pour affaire.

les plaideurs[1], ni les clercs ne tiennent à l'élégance d'un endroit qui pour les uns est une classe, pour les autres un passage, pour le maître un laboratoire. Le mobilier crasseux se transmet d'avoués en avoués avec un scrupule si religieux que certaines études possèdent encore des boîtes à résidus, des moules à tirets, des sacs provenant des procureurs au *Chlet*, abréviation du mot CHÂTELET, juridiction qui représentait dans l'ancien ordre de choses le tribunal de première instance actuel[2]. Cette étude obscure, grasse de poussière, avait donc, comme toutes les autres, quelque chose de repoussant pour les plaideurs, et qui en faisait une des plus hideuses monstruosités parisiennes. Certes, si les sacristies[3] humides où les prières se pèsent et se payent comme des épices, si les magasins des revendeuses où flottent des guenilles qui flétrissent toutes les illusions de la vie en nous montrant où aboutissent nos fêtes, si ces deux cloaques[4] de la poésie n'existaient pas, une étude d'avoué serait de toutes les boutiques sociales la plus horrible. Mais il en est ainsi de la maison de jeu, du tribunal, du bureau de loterie et du mauvais lieu[5]. Pourquoi ? Peut-être dans ces endroits le drame, en se jouant dans l'âme de l'homme, lui rend-il les accessoires indifférents : ce qui expliquerait aussi la simplicité des grands penseurs et des grands ambitieux●.

1. **Plaideur** : personne qui plaide en justice, qui demande un procès.
2. **Châtelet** : château fort médiéval, le grand Châtelet devint le siège du lieutenant de police sous l'Ancien Régime. Il fut détruit en 1802 sur ordre de Napoléon qui ouvrit la place du Châtelet.
3. **Sacristie** : annexe d'une église où sont déposés les vases sacrés, les vêtements des prêtres, les registres de baptême et de mariage.
4. **Cloaque** : du latin *cloaca*, égout ; désigne un lieu malsain.
5. **Mauvais lieu** : expression euphémistique désignant une maison close.

● **Dans les lieux cités par le narrateur (la maison de jeu, le tribunal, le bureau de loterie et le mauvais lieu), les passions humaines et les enjeux qui y sont liés comptent plus que le décor.**

« Où est mon canif ?

– Je déjeune !

– Va te faire lanlaire[1], voilà un pâté sur la requête !

– Chît ! Messieurs. »

Ces diverses exclamations partirent à la fois au moment où le vieux plaideur ferma la porte avec cette sorte d'humilité qui dénature les mouvements de l'homme malheureux. L'inconnu essaya de sourire, mais les muscles de son visage se détendirent quand il eut vainement cherché quelques symptômes d'aménité[2] sur les visages inexorablement insouciants des six clercs. Accoutumé sans doute à juger les hommes, il s'adressa fort poliment au saute-ruisseau, en espérant que ce pâtiras[3] lui répondrait avec douceur.

« Monsieur, votre patron est-il visible ? »

Le malicieux saute-ruisseau ne répondit au pauvre homme qu'en se donnant avec les doigts de la main gauche de petits coups répétés sur l'oreille, comme pour dire : « Je suis sourd. »

« Que souhaitez-vous, Monsieur ? demanda Godeschal qui tout en faisant cette question avalait une bouchée de pain avec laquelle on eût pu charger une pièce de quatre, brandissait son couteau, et se croisait les jambes en mettant à la hauteur de son œil celui de ses pieds qui se trouvait en l'air.

– Je viens ici, Monsieur, pour la cinquième fois, répondit le patient. Je souhaite parler à M. Derville.

– Est-ce pour une affaire ?

– Oui, mais je ne puis l'expliquer qu'à monsieur...

1. **Va te faire lanlaire** : expression familière employée pour envoyer « promener » quelqu'un.
2. **Aménité** : amabilité, gentillesse.
3. **Pâtira(s)** : souffre-douleur.

– Le patron dort, si vous désirez le consulter sur quelques difficultés, il ne travaille sérieusement qu'à minuit. Mais si vous vouliez nous dire votre cause, nous pourrions, tout aussi bien que lui, vous... »

L'inconnu resta impassible. Il se mit à regarder modestement autour de lui, comme un chien qui, en se glissant dans une cuisine étrangère, craint d'y recevoir des coups. Par une grâce de leur état, les clercs n'ont jamais peur des voleurs, ils ne soupçonnèrent donc point l'homme au carrick et lui laissèrent observer le local, où il cherchait vainement un siège pour se reposer, car il était visiblement fatigué. Par système[1], les avoués[2] laissent peu de chaises dans leurs études. Le client vulgaire, lassé d'attendre sur ses jambes, s'en va grognant, mais il ne prend pas un temps qui, suivant le mot d'un vieux procureur, n'est pas admis en taxe.

« Monsieur, répondit-il, j'ai déjà eu l'honneur de vous prévenir que je ne pouvais expliquer mon affaire qu'à M. Derville, je vais attendre son lever. »

Boucard avait fini son addition. Il sentit l'odeur de son chocolat, quitta son fauteuil de canne, vint à la cheminée, toisa le vieil homme, regarda le carrick et fit une grimace indescriptible. Il pensa probablement que, de quelque manière que l'on tordît ce client, il serait impossible d'en extraire un centime ; il intervint alors par une parole brève, dans l'intention de débarrasser l'étude d'une mauvaise pratique[3].

« Ils vous disent la vérité, Monsieur. Le patron ne travaille que pendant la nuit. Si votre affaire est grave, je vous conseille de revenir à une heure du matin. »

1. **Système** : ici, synonyme de stratégie.
2. **Avoué** : officier ministériel chargé de représenter les parties devant certains tribunaux.
3. **Pratique** : clientèle (au XIXe siècle).

Le plaideur regarda le Maître clerc d'un air stupide[1], et demeura pendant un moment immobile. Habitués à tous les changements de physionomie et aux singuliers caprices produits par l'indécision ou par la rêverie qui caractérisent les gens processifs[2], les clercs continuèrent à manger, en faisant autant de bruit avec leurs mâchoires que doivent en faire des chevaux au râtelier, et ne s'inquiétèrent plus du vieillard.

« Monsieur, je viendrai ce soir », dit enfin le vieux qui par une ténacité particulière aux gens malheureux voulait prendre en défaut l'humanité.

La seule épigramme[3] permise à la Misère est d'obliger la Justice et la Bienfaisance à des dénis[4] injustes. Quand les malheureux ont convaincu la Société de mensonge, ils se rejettent plus vivement dans le sein de Dieu.

« Ne voilà-t-il pas un fameux crâne ? dit Simonnin sans attendre que le vieillard eut fermé la porte.

– Il a l'air d'un déterré, reprit le dernier clerc.

– C'est quelque colonel qui réclame un arriéré, dit le Maître clerc.

– Non, c'est un ancien concierge, dit Godeschal.

– Parions qu'il est noble, s'écria Boucard.

– Je parie qu'il a été portier, répliqua Godeschal. Les portiers sont seuls doués par la nature de carricks usés, huileux et déchiquetés par le bas comme l'est celui de ce vieux bonhomme ! Vous n'avez donc vu ni ses bottes éculées[5] qui prennent l'eau, ni sa cravate qui lui sert de chemise ? Il a couché sous les ponts.

1. **Stupide** : au premier sens, stupéfait.
2. **Processif** : qui aime les procès.
3. **Épigramme** : réflexion satirique, critique.
4. **Déni** : refus ou contradiction.
5. **Éculé** : usé.

– Il pourrait être noble et avoir tiré le cordon●, s'écria Desroches. Ça s'est vu !

– Non, reprit Boucard au milieu des rires, je soutiens qu'il a été brasseur[1] en 1789, et colonel sous la République.

– Ah ! je parie un spectacle pour tout le monde qu'il n'a pas été soldat, dit Godeschal.

– Ça va, répliqua Boucard.

– Monsieur ! Monsieur ? cria le petit clerc en ouvrant la fenêtre.

– Que fais-tu, Simonnin ? demanda Boucard.

– Je l'appelle pour lui demander s'il est colonel ou portier, il doit le savoir, lui. »

Tous les clercs se mirent à rire. Quant au vieillard, il remontait déjà l'escalier.

« Qu'allons-nous lui dire ? s'écria Godeschal.

– Laissez-moi faire ! » répondit Boucard.

Le pauvre homme rentra timidement en baissant les yeux, peut-être pour ne pas révéler sa faim en regardant avec trop d'avidité[2] les comestibles.

« Monsieur, lui dit Boucard, voulez-vous avoir la complaisance de nous donner votre nom, afin que le patron sache si...

– Chabert.

– Est-ce le colonel mort à Eylau● ? demanda Hulé qui n'ayant encore rien dit était jaloux d'ajouter une raillerie à toutes les autres.

1. **Brasseur** : personne qui fabrique ou vend de la bière.
2. **Avidité** : envie, appétit.

● **Se dit du portier qui ouvre la porte extérieure de la maison au moyen du cordon placé dans sa loge. Desroches pense que Chabert peut être un noble pauvre qui n'a pas de quoi s'offrir les services d'un portier.**

● **La bataille d'Eylau (en Prusse orientale) fut difficilement remportée par Napoléon Ier le 8 février 1807 contre les Russes.**

– Lui-même, Monsieur», répondit le bonhomme avec une simplicité antique. Et il se retira.

«Chouit !

– Dégommé !

– Puff !

– Oh !

– Ah !

– Bâoun !

– Ah ! le vieux drôle !

– Trinn, la, la, trinn, trinn !

– Enfoncé !

– Monsieur Desroches, vous irez au spectacle sans payer», dit Huré au quatrième clerc, en lui donnant sur l'épaule une tape à tuer un rhinocéros.

Ce fut un torrent de cris, de rires et d'exclamations, à la peinture duquel on userait toutes les onomatopées[1] de la langue.

À quel théâtre irons-nous ?

– À l'Opéra ! s'écria le Principal.

– D'abord, reprit Godeschal, le théâtre n'a pas été désigné. Je puis, si je veux, vous mener chez Mme Saqui.

– Mme Saqui n'est pas un spectacle, dit Desroches.

– Qu'est-ce qu'un spectacle ? reprit Godeschal. Établissons d'abord le point de fait. Qu'ai-je parié, Messieurs ? un spectacle. Qu'est-ce qu'un spectacle ? une chose qu'on voit...[2]

– Mais dans ce système-là, vous vous acquitteriez donc en nous menant voir l'eau couler sous le Pont-Neuf ? s'écria Simonnin en interrompant.

1. **Onomatopée** : mot imitant un son.
2. **Spectacle** : du latin spectaculum, «chose que l'on voit».
Ici, le personnage joue sur le sens étymologique du mot.

– Qu'on voit pour de l'argent, disait Godeschal en continuant.

– Mais on voit pour de l'argent bien des choses qui ne sont pas un spectacle. La définition n'est pas exacte, dit Desroches.

– Mais, écoutez-moi donc !

– Vous déraisonnez, mon cher, dit Boucard.

– Curtius[1] est-il un spectacle ? dit Godeschal.

– Non, répondit le Maître clerc, c'est un cabinet de figures.

– Je parie cent francs contre un sou, reprit Godeschal, que le cabinet de Curtius constitue l'ensemble de choses auquel est dévolu le nom de spectacle. Il comporte une chose à voir à différents prix, suivant les différentes places où l'on veut se mettre.

– Et berlik berlok, dit Simonnin.

– Prends garde que je ne te gifle, toi ! » dit Godeschal.

Les clercs haussèrent les épaules.

« D'ailleurs, il n'est pas prouvé que ce vieux singe ne se soit pas moqué de nous, dit-il en cessant son argumentation étouffée par le rire des autres clercs. En conscience, le colonel Chabert est bien mort, sa femme est remariée au comte Ferraud, conseiller d'État. Mme Ferraud est une des clientes de l'étude !

– La cause est remise à demain, dit Boucard. À l'ouvrage, Messieurs ! Sac-à-papier ! l'on ne fait rien ici. Finissez donc votre requête, elle doit être signifiée avant l'audience de la quatrième Chambre. L'affaire se juge aujourd'hui. Allons, à cheval.

– Si c'eût été le colonel Chabert, est-ce qu'il n'aurait pas chaussé le bout de son pied dans le postérieur de ce farceur de Simonnin quand il a fait le sourd ? dit Desroches en regardant cette observation comme plus concluante que celle de Godeschal.

1. **Curtius** : Artiste allemand qui avait ouvert un « cabinet de figures » à Paris, exposant des personnages de cire.

– Puisque rien n'est décidé, reprit Boucard, convenons d'aller aux secondes loges des Français voir Talma dans Néron[1]. Simonnin ira au parterre[2]. »

Là-dessus, le Maître clerc s'assit à son bureau, et chacun l'imita.

« Rendue en juin mil huit cent quatorze (en toutes lettres), dit Godeschal, y êtes-vous ?

– Oui, répondirent les deux copistes et le grossoyeur dont les plumes recommencèrent à crier sur le papier timbré en faisant dans l'étude le bruit de cent hannetons enfermés par des écoliers dans des cornets de papier.

– Et nous espérons que Messieurs composant le tribunal, dit l'improvisateur. Halte ! il faut que je relise ma phrase, je ne me comprends plus moi-même.

– Quarante-six... Ça doit arriver souvent !... Et trois, quarante-neuf, dit Boucard.

– Nous espérons, reprit Godeschal après avoir tout relu, que Messieurs composant le tribunal ne seront pas moins grands que ne l'est l'auguste auteur de l'ordonnance, et qu'ils feront justice des misérables prétentions de l'administration de la grande chancellerie de la Légion d'honneur en fixant la jurisprudence dans le sens large que nous établissons ici...

– Monsieur Godeschal, voulez-vous un verre d'eau ? dit le petit clerc.

– Ce farceur de Simonnin ! dit Boucard. Tiens, apprête tes chevaux à double semelle, prends ce paquet, et valse jusqu'aux Invalides.

1. **Néron** : il s'agit d'une pièce de théâtre où s'illustrait le célèbre comédien Talma.
2. **Parterre** : comme son nom le suggère, partie d'un théâtre où les places sont les moins chères car on s'y tient debout.

– Que nous établissons ici, reprit Godeschal. Ajoutez : dans l'intérêt de madame... (en toutes lettres) la vicomtesse de Grandlieu...

– Comment ! s'écria le Maître clerc, vous vous avisez de faire des requêtes dans l'affaire vicomtesse de Grandlieu contre Légion d'honneur, une affaire pour compte d'étude, entreprise à forfait ? Ah ! vous êtes un fier nigaud ! Voulez-vous bien me mettre de côté vos copies et votre minute, gardez-moi cela pour l'affaire Navarreins contre les Hospices. Il est tard, je vais faire un bout de placet[1], avec des *attendu*, et j'irai moi-même au Palais... »

Cette scène représente un des mille plaisirs qui, plus tard, font dire en pensant à la jeunesse : « C'était le bon temps ! »

Vers une heure du matin, le prétendu colonel Chabert vint frapper à la porte de M. Derville, avoué près le tribunal de première instance du département de la Seine. Le portier lui répondit que M. Derville n'était pas rentré. Le vieillard allégua[2] le rendez-vous et monta chez ce célèbre légiste[3], qui, malgré sa jeunesse, passait pour être une des plus fortes têtes du Palais. Après avoir sonné, le défiant solliciteur[4] ne fut pas médiocrement étonné de voir le premier clerc occupé à ranger sur la table de la salle à manger de son patron les nombreux dossiers des affaires qui venaient le lendemain en ordre utile. Le clerc, non moins étonné, salua le colonel en le priant de s'asseoir : ce que fit le plaideur.

« Ma foi, Monsieur, j'ai cru que vous plaisantiez hier en m'indiquant une heure si matinale pour une consultation, dit le vieillard avec la fausse gaieté d'un homme ruiné qui s'efforce de sourire.

1. **Placet** : demande adressée au tribunal pour obtenir une audience.
2. **Alléguer** : mettre en avant, invoquer.
3. **Légiste** : homme de loi.
4. **Solliciteur** : demandeur.

– Les clercs plaisantaient et disaient vrai tout ensemble, reprit le Principal en continuant son travail. M. Derville a choisi cette heure pour examiner ses causes, en résumer les moyens, en ordonner la conduite, en disposer les défenses. Sa prodigieuse intelligence est plus libre en ce moment, le seul où il obtienne le silence et la tranquillité nécessaires à la conception des bonnes idées. Vous êtes, depuis qu'il est avoué, le troisième exemple d'une consultation donnée à cette heure nocturne. Après être rentré, le patron discutera chaque affaire, lira tout, passera peut-être quatre ou cinq heures à sa besogne ; puis, il me sonnera et m'expliquera ses intentions. Le matin, de dix heures à deux heures, il écoute ses clients, puis il emploie le reste de la journée à ses rendez-vous. Le soir, il va dans le monde pour y entretenir ses relations. Il n'a donc que la nuit pour creuser ses procès, fouiller les arsenaux du Code et faire ses plans de bataille●. Il ne veut pas perdre une seule cause, il a l'amour de son art. Il ne se charge pas, comme ses confrères, de toute espèce d'affaire. Voilà sa vie, qui est singulièrement active. Aussi gagne-t-il beaucoup d'argent. »

En entendant cette explication, le vieillard resta silencieux, et sa bizarre figure prit une expression si dépourvue d'intelligence, que le clerc, après l'avoir regardé, ne s'occupa plus de lui. Quelques instants après, Derville rentra, mis en costume de bal ; son Maître clerc lui ouvrit la porte, et se remit à achever le classement des dossiers. Le jeune avoué demeura pendant un

● **L'emploi métaphorique de ces verbes (creuser, fouiller, faire ses plans de bataille) souligne le sérieux et le savoir-faire dignes d'un stratège de Maître Derville, personnage important de *La Comédie humaine*.**

moment stupéfait en entrevoyant dans le clair-obscur le singulier client qui l'attendait. Le colonel Chabert● était aussi parfaitement immobile que peut l'être une figure en cire de ce cabinet de Curtius où Godeschal avait voulu mener ses camarades. Cette immobilité n'aurait peut-être pas été un sujet d'étonnement, si elle n'eut complété le spectacle surnaturel que présentait l'ensemble du personnage. Le vieux soldat était sec et maigre. Son front, volontairement caché sous les cheveux de sa perruque lisse, lui donnait quelque chose de mystérieux. Ses yeux paraissaient couverts d'une taie transparente : vous eussiez dit de la nacre sale dont les reflets bleuâtres chatoyaient à la lueur des bougies. Le visage pâle, livide, et en lame de couteau, s'il est permis d'emprunter cette expression vulgaire, semblait mort. Le cou était serré par une mauvaise cravate de soie noire. L'ombre cachait si bien le corps à partir de la ligne brune que décrivait ce haillon, qu'un homme d'imagination aurait pu prendre cette vieille tête pour quelque silhouette due au hasard, ou pour un portrait de Rembrandt, sans cadre.

Les bords du chapeau qui couvrait le front du vieillard projetaient un sillon noir sur le haut du visage. Cet effet bizarre, quoique naturel, faisait ressortir, par la brusquerie du contraste, les rides blanches, les sinuosités froides, le sentiment décoloré de cette physionomie cadavéreuse. Enfin l'absence de tout mouvement dans le corps, de toute chaleur dans le regard, s'accordait avec une certaine expression de démence triste, avec les dégradants symptômes par lesquels se caractérise l'idiotisme,

● **Pour l'analyse de ce portrait qui présente Chabert comme un mort-vivant, voir l'étape 1 du dossier, p. 112.**

pour faire de cette figure je ne sais quoi de funeste qu'aucune parole humaine ne pourrait exprimer. Mais un observateur, et surtout un avoué, aurait trouvé de plus en cet homme foudroyé les signes d'une douleur profonde, les indices d'une misère qui avait dégradé ce visage, comme les gouttes d'eau tombées du ciel sur un beau marbre l'ont à la longue défiguré. Un médecin, un auteur, un magistrat eussent pressenti tout un drame à l'aspect de cette sublime horreur dont le moindre mérite était de ressembler à ces fantaisies que les peintres s'amusent à dessiner au bas de leurs pierres lithographiques[1] en causant avec leurs amis.

En voyant l'avoué, l'inconnu tressaillit par un mouvement convulsif semblable à celui qui échappe aux poètes quand un bruit inattendu vient les détourner d'une féconde rêverie, au milieu du silence et de la nuit. Le vieillard se découvrit[2] promptement et se leva pour saluer le jeune homme ; le cuir qui garnissait l'intérieur de son chapeau étant sans doute fort gras, sa perruque y resta collée sans qu'il s'en aperçût, et laissa voir à nu son crâne horriblement mutilé par une cicatrice transversale qui prenait à l'occiput[3] et venait mourir à l'œil droit, en formant partout une grosse couture saillante. L'enlèvement soudain de cette perruque sale, que le pauvre homme portait pour cacher sa blessure, ne donna nulle envie de rire aux deux gens de loi, tant ce crâne fendu était épouvantable à voir. La première pensée que suggérait l'aspect de cette blessure était celle-ci : « Par là s'est enfuie l'intelligence ! »

« Si ce n'est pas le colonel Chabert, ce doit être un fier troupier[4] ! pensa Boucard.

1. **Pierre lithographique** : pierre calcaire ayant servi à une reproduction, gravure.
2. **Se découvrir** : ôter son chapeau.
3. **Occiput** : partie postérieure et inférieure de la tête (nuque).
4. **Troupier** : homme de troupe, soldat.

Gravure (XIXe siècle), Paris, Musée Honoré de Balzac.

– Monsieur, lui dit Derville, à qui ai-je l'honneur de parler ?

– Au colonel Chabert.

– Lequel ?

– Celui qui est mort à Eylau », répondit le vieillard.

En entendant cette singulière phrase, le clerc et l'avoué se jetèrent un regard qui signifiait : « C'est un fou ! »

« Monsieur, reprit le colonel, je désirerais ne confier qu'à vous le secret de ma situation. »

Une chose digne de remarque est l'intrépidité naturelle aux avoués. Soit l'habitude de recevoir un grand nombre de personnes, soit le profond sentiment de la protection que les lois leur accordent, soit confiance en leur ministère, ils entrent partout sans rien craindre, comme les prêtres et les médecins. Derville fit un signe à Boucard, qui disparut.

« Monsieur, reprit l'avoué, pendant le jour je ne suis pas trop avare de mon temps ; mais au milieu de la nuit les minutes me sont précieuses. Ainsi, soyez bref et concis. Allez au fait sans digression[1]. Je vous demanderai moi-même les éclaircissements qui me sembleront nécessaires. Parlez. »

Après avoir fait asseoir son singulier client, le jeune homme s'assit lui-même devant la table ; mais, tout en prêtant son attention au discours du feu[2] colonel, il feuilleta ses dossiers.

« Monsieur, dit le défunt[3], peut-être savez-vous que je commandais un régiment de cavalerie à Eylau. J'ai été pour beaucoup dans le succès de la célèbre charge que fit Murat●, et qui décida le gain de la bataille. Malheureusement pour moi, ma mort est

1. **Digression** : développement écrit ou oral qui s'écarte du sujet.
2. **Feu** : mort depuis peu de temps.
3. **Défunt** : mort.

● **Maréchal de France (1767-1815), qui fut l'aide de camp de Bonaparte en Italie (1796). Fait maréchal en 1804, il commanda en Espagne, en 1808. Devenu roi de Naples, il fut fusillé en 1815.**

Gravure d'Albert Bligny pour Le Colonel Chabert *(édition de 1886), Paris, Musée Honoré de Balzac.*

un fait historique consigné dans les *Victoires et Conquêtes*●, où elle est rapportée en détail. Nous fendîmes en deux les trois lignes russes, qui, s'étant aussitôt reformées, nous obligèrent à les retraverser en sens contraire. Au moment où nous revenions vers l'Empereur, après avoir dispersé les Russes, je rencontrai un gros de cavalerie ennemie. Je me précipitai sur ces entêtés-là. Deux officiers russes, deux vrais géants, m'attaquèrent à la fois. L'un d'eux m'appliqua sur la tête un coup de sabre qui fendit tout jusqu'à un bonnet de soie noire que j'avais sur la tête, et m'ouvrit profondément le crâne. Je tombai de cheval. Murat vint à mon secours, il me passa sur le

● Titre abrégé de *Victoires, conquêtes, revers et guerres civiles des Français de 1792 à 1815*, compilation historique en 29 volumes parue de 1817 à 1823.

corps, lui et tout son monde, quinze cents hommes, excusez du peu ! Ma mort fut annoncée à l'Empereur, qui, par prudence (il m'aimait un peu, le patron !), voulut savoir s'il n'y aurait pas quelque chance de sauver l'homme auquel il était redevable de cette vigoureuse attaque. Il envoya, pour me reconnaître et me rapporter aux ambulances[1], deux chirurgiens en leur disant, peut-être trop négligemment, car il avait de l'ouvrage : "Allez donc voir si, par hasard, mon pauvre Chabert vit encore ?" Ces sacrés carabins[2], qui venaient de me voir foulé aux pieds par les chevaux de deux régiments, se dispensèrent sans doute de me tâter le pouls et dirent que j'étais bien mort. L'acte de mon décès fut donc probablement dressé d'après les règles établies par la jurisprudence militaire. »

En entendant son client s'exprimer avec une lucidité parfaite et raconter des faits si vraisemblables, quoique étranges, le jeune avoué laissa ses dossiers, posa son coude gauche sur la table, se mit la tête dans la main, et regarda le colonel fixement.

« Savez-vous, Monsieur, lui dit-il en l'interrompant, que je suis l'avoué de la comtesse Ferraud, veuve du colonel Chabert ?

– Ma femme ! Oui, Monsieur. Aussi, après cent démarches infructueuses chez des gens de loi qui m'ont tous pris pour un fou, me suis-je déterminé à venir vous trouver. Je vous parlerai de mes malheurs plus tard. Laissez-moi d'abord vous établir les faits, vous expliquer plutôt comme ils ont dû se passer, que comme ils sont arrivés. Certaines circonstances, qui ne doivent être connues que du Père éternel, m'obligent à en présenter

1. **Ambulances** : ensemble des services médicaux militaires qui suivaient les armées en campagne.
2. **Carabin** : étudiant en médecine (mot vieilli).

plusieurs comme des hypothèses. Donc, Monsieur, les blessures que j'ai reçues auront probablement produit un tétanos, ou m'auront mis dans une crise analogue à une maladie nommée, je crois, catalepsie[1]. Autrement comment concevoir que j'aie été, suivant l'usage de la guerre, dépouillé de mes vêtements, et jeté dans la fosse aux soldats par les gens chargés d'enterrer les morts ? Ici, permettez-moi de placer un détail que je n'ai pu connaître que postérieurement à l'événement qu'il faut bien appeler ma mort. J'ai rencontré, en 1814, à Stuttgart[2], un ancien maréchal des logis[3] de mon régiment. Ce cher homme, le seul qui ait voulu me reconnaître, et de qui je vous parlerai tout à l'heure, m'expliqua le phénomène de ma conservation, en me disant que mon cheval avait reçu un boulet dans le flanc au moment où je fus blessé moi-même. La bête et le cavalier s'étaient donc abattus comme des capucins de cartes[4]. En me renversant, soit à droite, soit à gauche, j'avais été sans doute couvert par le corps de mon cheval qui m'empêcha d'être écrasé par les chevaux, ou atteint par des boulets. Lorsque je revins à moi, Monsieur, j'étais dans une position et dans une atmosphère dont je ne vous donnerais pas une idée en vous entretenant jusqu'à demain. Le peu d'air que je respirais était méphitique[5]. Je voulus me mouvoir, et ne trouvai point d'espace. En ouvrant les yeux, je ne vis rien. La rareté de l'air fut l'accident le plus menaçant, et qui m'éclaira le plus vivement sur ma position.

1. **Catalepsie** : paralysie totale des muscles.
2. **Stuttgart** : ville de Prusse, aujourd'hui en Allemagne.
3. **Maréchal des logis** : sous-officier de cavalerie ou d'artillerie.
4. **Capucins de cartes** : cartes pliées en forme de capuchons de moines qui, rangées en file, tombent les unes sur les autres quand on fait tomber la première.
5. **Méphitique** : toxique et nauséabond.

Gravure d'Albert Bligny pour Le Colonel Chabert *(édition de 1886), Paris, Musée Honoré de Balzac.*

Je compris que là où j'étais, l'air ne se renouvelait point, et que j'allais mourir. Cette pensée m'ôta le sentiment de la douleur inexprimable par laquelle j'avais été réveillé. Mes oreilles tintèrent violemment. J'entendis, ou crus entendre, je ne veux rien affirmer, des gémissements poussés par le monde de cadavres au milieu duquel je gisais. Quoique la mémoire de ces moments soit bien ténébreuse, quoique mes souvenirs soient bien confus, malgré les impressions de souffrances encore plus profondes que je devais éprouver et qui ont brouillé mes idées, il y a des nuits où je crois encore entendre ces soupirs étouffés ! Mais il y a eu quelque chose de plus horrible que les cris, un silence que je n'ai jamais retrouvé nulle part, le vrai silence du tombeau. Enfin, en levant les mains, en tâtant les morts, je reconnus un vide entre ma tête et le fumier humain supérieur. Je pus donc mesurer l'espace qui m'avait été laissé par un hasard dont la cause m'était inconnue. Il paraît, grâce à l'insouciance ou à la précipitation avec laquelle on nous avait jetés pêle-mêle, que deux morts s'étaient croisés au-dessus de moi de manière à décrire un angle semblable à celui de deux cartes mises l'une contre l'autre par un enfant qui pose les fondements d'un château. En furetant avec promptitude, car il ne fallait pas flâner, je rencontrai fort heureusement un bras qui ne tenait à rien, le bras d'un Hercule ! un bon os auquel je dus mon salut. Sans ce secours inespéré, je périssais ! Mais, avec une rage que vous devez concevoir, je me mis à travailler les cadavres qui me séparaient de la couche de terre sans doute jetée sur nous, je dis nous, comme s'il y eut eu des vivants ! J'y allais ferme, Monsieur, car me voici ! Mais je ne sais pas aujourd'hui comment j'ai pu parvenir à percer la couverture de chair qui mettait une barrière entre la vie et moi. Vous me direz que j'avais trois bras ! Ce levier, dont je me servais avec habileté, me procurait toujours un peu de l'air qui se trouvait entre les cadavres que je déplaçais, et je ménageais mes aspirations. Enfin je vis le jour, mais à travers la neige, Monsieur ! En ce moment, je m'aperçus que j'avais la tête ouverte. Par bonheur, mon sang, celui de mes camarades ou la peau meurtrie de mon cheval peut-être, que sais-je ! m'avait, en se coagulant, comme enduit d'un emplâtre naturel. Malgré cette croûte, je m'évanouis quand mon crâne fut en contact avec la neige. Cependant, le peu de chaleur qui me restait ayant fait fondre la neige autour de moi, je me trouvai, quand je repris connaissance, au centre d'une petite ouverture par laquelle je criai aussi longtemps que je le pus. Mais alors le soleil se levait, j'avais donc bien peu de chances pour être entendu. Y avait-il déjà du monde aux champs ? Je me haussais en faisant de mes pieds un ressort dont le point d'appui était sur les défunts qui avaient les reins solides. Vous sentez que ce n'était pas le moment de leur dire : *Respect au courage malheureux !* Bref, Monsieur, après avoir eu la douleur, si le mot peut rendre ma rage, de voir pendant longtemps, oh ! oui, longtemps ! ces sacrés Allemands se sauvant en entendant une voix là où ils n'apercevaient point d'homme, je fus enfin dégagé par une femme assez hardie ou assez curieuse pour s'approcher de ma tête qui semblait avoir poussé hors de terre comme un champignon. Cette femme alla chercher son mari, et tous deux me transportèrent dans leur pauvre baraque. Il parait que j'eus une rechute de catalepsie, passez-moi cette expression pour vous peindre un état duquel je n'ai nulle idée, mais que j'ai jugé, sur les dires de mes hôtes, devoir être un effet de cette maladie. Je suis resté pendant six mois entre la vie et la mort, ne parlant pas, ou déraisonnant quand je parlais. Enfin mes hôtes me firent admettre à l'hôpital d'Heilsberg[1]. Vous comprenez, Monsieur, que j'étais sorti du ventre de la fosse aussi nu que de celui de ma mère ; en sorte que, six mois après, quand, un beau matin, je me souvins d'avoir été le colonel Chabert, et qu'en recouvrant ma raison je voulus obtenir de ma garde plus de respect qu'elle n'en accordait à un pauvre diable, tous mes camarades de chambrée se mirent à rire. Heureusement pour moi, le chirurgien avait répondu, par amour-propre, de ma guérison, et s'était naturellement intéressé à son malade. Lorsque je lui parlai d'une manière suivie de mon ancienne existence, ce brave homme, nommé Sparchmann, fit constater, dans les formes juridiques voulues par le droit du pays, la manière miraculeuse dont j'étais sorti de la fosse des morts, le jour et l'heure où j'avais été trouvé par ma bienfaitrice et par son mari ; le genre, la position exacte de mes

1. **Heilsberg** : ville de Prusse orientale, à trente kilomètres d'Eylau.

blessures, en joignant à ces différents procès-verbaux une description de ma personne. Eh bien, Monsieur, je n'ai ni ces pièces importantes, ni la déclaration que j'ai faite chez un notaire d'Heilsberg, en vue d'établir mon identité ! Depuis le jour où je fus chassé de cette ville par les événements de la guerre, j'ai constamment erré comme un vagabond, mendiant mon pain, traité de fou lorsque je racontais mon aventure, et sans avoir ni trouvé, ni gagné un sou pour me procurer les actes qui pouvaient prouver mes dires, et me rendre à la vie sociale. Souvent, mes douleurs me retenaient durant des semestres entiers dans de petites villes où l'on prodiguait des soins au Français malade, mais où l'on riait au nez de cet homme dès qu'il prétendait être le colonel Chabert. Pendant longtemps ces rires, ces doutes me mettaient dans une fureur qui me nuisit et me fit même enfermer comme fou à Stuttgart. À la vérité, vous pouvez juger, d'après mon récit, qu'il y avait des raisons suffisantes pour faire coffrer un homme ! Après deux ans de détention que je fus obligé de subir, après avoir entendu mille fois mes gardiens disant : "Voilà un pauvre homme qui croit être le colonel Chabert !" à des gens qui répondaient : "Le pauvre homme !" je fus convaincu de l'impossibilité de ma propre aventure, je devins triste, résigné, tranquille, et renonçai à me dire le colonel Chabert, afin de pouvoir sortir de prison et revoir la France. Oh ! Monsieur, revoir Paris ! c'était un délire que je ne... »

À cette phrase inachevée, le colonel Chabert tomba dans une rêverie profonde que Derville respecta.

« Monsieur, un beau jour, reprit le client, un jour de printemps, on me donna la clef des champs et dix thalers[1], sous

1. **Thalers** : petites pièces d'argent allemandes.

prétexte que je parlais très sensément sur toutes sortes de sujets et que je ne me disais plus le colonel Chabert. Ma foi, vers cette époque, et encore aujourd'hui, par moments, mon nom m'est désagréable. Je voudrais n'être pas moi. Le sentiment de mes droits me tue. Si ma maladie m'avait ôté tout souvenir de mon existence passée, j'aurais été heureux ! J'eusse repris du service sous un nom quelconque, et qui sait ? je serais peut-être devenu feld-maréchal[1] en Autriche ou en Russie.

– Monsieur, dit l'avoué, vous brouillez toutes mes idées. Je crois rêver en vous écoutant. De grâce, arrêtons-nous pendant un moment.

– Vous êtes, dit le colonel d'un air mélancolique, la seule personne qui m'ait si patiemment écouté. Aucun homme de loi n'a voulu m'avancer dix napoléons afin de faire venir d'Allemagne les pièces nécessaires pour commencer mon procès...

– Quel procès ? dit l'avoué, qui oubliait la situation douloureuse de son client en entendant le récit de ses misères passées.

– Mais, Monsieur, la comtesse Ferraud n'est-elle pas ma femme ! Elle possède trente mille livres de rente qui m'appartiennent, et ne veut pas me donner deux liards[2]. Quand je dis ces choses à des avoués, à des hommes de bon sens ; quand je propose, moi, mendiant, de plaider contre un comte et une comtesse ; quand je m'élève, moi, mort, contre un acte de décès, un acte de mariage et des actes de naissance, ils m'éconduisent, suivant leur caractère, soit avec cet air froidement poli que vous savez prendre pour vous débarrasser d'un malheureux, soit

1. **Feld-maréchal** : ancien grade le plus élevé de la hiérarchie militaire, en Allemagne et en Autriche.
2. **Liard** : monnaie de peu de valeur. Pas deux liards : pas deux sous.

brutalement, en gens qui croient rencontrer un intrigant ou un fou. J'ai été enterré sous des morts, mais maintenant je suis enterré sous des vivants, sous des actes, sous des faits, sous la société tout entière, qui veut me faire rentrer sous terre !

– Monsieur, veuillez poursuivre maintenant, dit l'avoué.

– Veuillez, s'écria le malheureux vieillard en prenant la main du jeune homme, voilà le premier mot de politesse que j'entends depuis... »

Le colonel pleura. La reconnaissance étouffa sa voix. Cette pénétrante et indicible[1] éloquence qui est dans le regard, dans le geste, dans le silence même, acheva de convaincre Derville et le toucha vivement.

« Écoutez, Monsieur, dit-il à son client, j'ai gagné ce soir trois cents francs au jeu ; je puis bien employer la moitié de cette somme à faire le bonheur d'un homme. Je commencerai les poursuites et diligences[2] nécessaires pour vous procurer les pièces dont vous me parlez, et jusqu'à leur arrivée je vous remettrai cent sous par jour. Si vous êtes le colonel Chabert, vous saurez pardonner la modicité[3] du prêt à un jeune homme qui a sa fortune à faire. Poursuivez. »

Le prétendu colonel resta pendant un moment immobile et stupéfait : son extrême malheur avait sans doute détruit ses croyances. S'il courait après son illustration militaire, après sa fortune, après lui-même, peut-être était-ce pour obéir à ce sentiment inexplicable, en germe dans le cœur de tous les hommes, et auquel nous devons les recherches des alchimistes, la passion de la gloire, les découvertes de l'astronomie, de la physique, tout

1. **Indicible** : que l'on ne peut exprimer, faute de mots.
2. **Diligence** : requête, demande.
3. **Modicité** : petitesse.

ce qui pousse l'homme à se grandir en se multipliant par les faits ou par les idées. L'ego, dans sa pensée, n'était plus qu'un objet secondaire, de même que la vanité du triomphe ou le plaisir du gain deviennent plus chers au parieur que ne l'est l'objet du pari. Les paroles du jeune avoué furent donc comme un miracle pour cet homme rebuté[1] pendant dix années par sa femme, par la justice, par la création sociale● entière. Trouver chez un avoué ces dix pièces d'or qui lui avaient été refusées pendant si longtemps, par tant de personnes et de tant de manières ! Le colonel ressemblait à cette dame qui, ayant eu la fièvre durant quinze années, crut avoir changé de maladie le jour où elle fut guérie. Il est des félicités auxquelles on ne croit plus ; elles arrivent, c'est la foudre, elles consument. Aussi la reconnaissance du pauvre homme était-elle trop vive pour qu'il pût l'exprimer. Il eut paru froid aux gens superficiels, mais Derville devina toute une probité[2] dans cette stupeur. Un fripon aurait eu de la voix.

« Où en étais-je ? dit le colonel avec la naïveté d'un enfant ou d'un soldat, car il y a souvent de l'enfant dans le vrai soldat, et presque toujours du soldat chez l'enfant, surtout en France.

– À Stuttgart. Vous sortiez de prison, répondit l'avoué.

– Vous connaissez ma femme ? demanda le colonel.

– Oui, répliqua Derville en inclinant la tête.

– Comment est-elle ?

– Toujours ravissante. »

Le vieillard fit un signe de main, et parut dévorer quelque secrète douleur avec cette résignation grave et solennelle qui caractérise les hommes éprouvés dans le sang et le feu des champs de bataille.

1. **Rebuté** : rejeté.
2. **Probité** : honnêteté.

● **La création sociale signifie ici la société.**

« Monsieur », dit-il avec une sorte de gaieté ; car il respirait, ce pauvre colonel, il sortait une seconde fois de la tombe, il venait de fondre une couche de neige moins soluble que celle qui jadis lui avait glacé la tête, et il aspirait l'air comme s'il quittait un cachot. « Monsieur, dit-il, si j'avais été joli garçon, aucun de mes malheurs ne me serait arrivé. Les femmes croient les gens quand ils farcissent leurs phrases du mot amour. Alors elles trottent, elles vont, elles se mettent en quatre, elles intriguent, elles affirment les faits, elles font le diable pour celui qui leur plaît. Comment aurais-je pu intéresser une femme ? J'avais une face de *requiem*[1], j'étais vêtu comme un sans-culotte, je ressemblais plutôt à un Esquimau qu'à un Français, moi qui jadis passais pour le plus joli des muscadins[2], en 1799 ! Moi, Chabert, comte de l'Empire ! Enfin, le jour même où l'on me jeta sur le pavé comme un chien, je rencontrai le maréchal des logis de qui je vous ai déjà parlé. Le camarade se nommait Boutin. Le pauvre diable et moi faisions la plus belle paire de rosses[3] que j'aie jamais vue ; je l'aperçus à la promenade, si je le reconnus, il lui fut impossible de deviner qui j'étais. Nous allâmes ensemble dans un cabaret. Là, quand je me nommai, la bouche de Boutin se fendit en éclats de rire comme un mortier[4] qui crève. Cette gaieté, Monsieur, me causa l'un de mes plus vifs chagrins ! Elle me révélait sans fard tous les changements qui étaient survenus en moi ! J'étais donc méconnaissable, même pour l'œil du plus humble et du plus reconnaissant de mes amis ! jadis j'avais sauvé la vie à Boutin, mais c'était une

1. **Requiem** : prière catholique chantée pour les morts.
2. **Muscadin** : jeune élégant.
3. **Rosse** : mauvais cheval.
4. **Mortier** : sorte de canon.

revanche que je lui devais. Je ne vous dirai pas comment il me rendit ce service. La scène eut lieu en Italie, à Ravenne. La maison où Boutin m'empêcha d'être poignardé n'était pas une maison fort décente. À cette époque je n'étais pas colonel, j'étais simple cavalier, comme Boutin. Heureusement cette histoire comportait des détails qui ne pouvaient être connus que de nous seuls ; et, quand je les lui rappelai, son incrédulité diminua. Puis je lui contai les accidents de ma bizarre existence. Quoique mes yeux, ma voix fussent, me dit-il, singulièrement altérés, que je n'eusse plus ni cheveux, ni dents, ni sourcils, que je fusse blanc comme un Albinos[1], il finit par retrouver son colonel dans le mendiant, après mille interrogations auxquelles je répondis victorieusement. Il me raconta ses aventures, elles n'étaient pas moins extraordinaires que les miennes : il revenait des confins de la Chine, où il avait voulu pénétrer après s'être échappé de la Sibérie. Il m'apprit les désastres de la campagne de Russie et la première abdication de Napoléon. Cette nouvelle est une des choses qui m'ont fait le plus de mal ! Nous étions deux débris curieux après avoir ainsi roulé sur le globe comme roulent dans l'Océan les cailloux emportés d'un rivage à l'autre par les tempêtes. À nous deux nous avions vu l'Égypte, la Syrie, l'Espagne, la Russie, la Hollande, l'Allemagne, l'Italie, la Dalmatie[2], l'Angleterre, la Chine, la Tartarie[3], la Sibérie● ; il ne nous manquait que d'être allés dans les Indes et en Amérique ! Enfin, plus ingambe[4] que je ne l'étais, Boutin se chargea d'aller à Paris le plus lestement possible afin d'instruire ma femme de l'état

1. **Albinos** : personne atteinte d'une maladie qui donne à sa peau, ses cheveux et ses yeux une teinte très pâle.
2. **Dalmatie** : région de la Croatie, sur la côte de l'Adriatique.
3. **Tartarie** : ou Tartarie, région éloignée de Russie.
4. **Ingambe** : qui peut utiliser ses deux jambes, alerte.

● **Cette énumération évoque les pays qui furent le théâtre des guerres napoléoniennes.**

dans lequel je me trouvais. J'écrivis à Mme Chabert une lettre bien détaillée. C'était la quatrième, Monsieur ! si j'avais eu des parents, tout cela ne serait peut-être pas arrivé ; mais, il faut vous l'avouer, je suis un enfant d'hôpital[1], un soldat qui pour patrimoine avait son courage, pour famille tout le monde, pour patrie la France, pour tout protecteur le bon Dieu. Je me trompe ! j'avais un père, l'Empereur ! Ah ! s'il était debout, le cher homme ! et qu'il vît son Chabert, comme il me nommait, dans l'état où je suis, mais il se mettrait en colère. Que voulez-vous ! notre soleil s'est couché, nous avons tous froid maintenant. Après tout, les événements politiques pouvaient justifier le silence de ma femme ! Boutin partit. Il était bien heureux, lui ! Il avait deux ours blancs supérieurement dressés qui le faisaient vivre. Je ne pouvais l'accompagner ; mes douleurs ne me permettaient pas de faire de longues étapes. Je pleurai, Monsieur, quand nous nous séparâmes, après avoir marché aussi longtemps que mon état put me le permettre en compagnie de ses ours et de lui. À Carlsruhe[2] j'eus un accès de névralgie[3] à la tête, et restai six semaines sur la paille dans une auberge ! Je ne finirais pas, Monsieur, s'il fallait vous raconter tous les malheurs de ma vie de mendiant. Les souffrances morales, auprès desquelles palissent les douleurs physiques, excitent cependant moins de pitié, parce qu'on ne les voit point. Je me souviens d'avoir pleuré devant un hôtel de Strasbourg où j'avais donné jadis une fête, et

1. **Enfant d'hôpital** : un orphelin. À l'époque, les orphelins étaient recueillis dans les hôpitaux ou hospices, établissements de charité.
2. **Carlsruhe** : ville d'Allemagne.
3. **Névralgie** : mal de tête.

En 1818, époque à laquelle se situe l'action, l'Empire a pris fin : Napoléon est en exil à Sainte-Hélène où il meurt en 1821.

où je n'obtins rien, pas même un morceau de pain. Ayant déterminé de concert avec Boutin l'itinéraire que je devais suivre, j'allais à chaque bureau de poste demander s'il y avait une lettre et de l'argent pour moi. Je vins jusqu'à Paris sans avoir rien trouvé. Combien de désespoirs ne m'a-t-il pas fallu dévorer ! "Boutin sera mort", me disais-je. En effet, le pauvre diable avait succombé à Waterloo●. J'appris sa mort plus tard et par hasard. Sa mission auprès de ma femme fut sans doute infructueuse. Enfin j'entrai dans Paris en même temps que les Cosaques[1]. Pour moi c'était douleur sur douleur. En voyant les Russes en France, je ne pensais plus que je n'avais ni souliers aux pieds ni argent dans ma poche. Oui, Monsieur, mes vêtements étaient en lambeaux. La veille de mon arrivée je fus forcé de bivouaquer[2] dans les bois de Claye[3]. La fraîcheur de la nuit me causa sans doute un accès de je ne sais quelle maladie, qui me prit quand je traversai le faubourg Saint-Martin. Je tombai presque évanoui à la porte d'un marchand de fer. Quand je me réveillai j'étais dans un lit à l'Hôtel-Dieu[4]. Là je restai pendant un mois assez heureux. Je fus bientôt renvoyé. J'étais sans argent, mais bien portant et sur le bon pavé de Paris. Avec quelle joie et quelle promptitude j'allai rue du Mont-Blanc, où ma femme devait être logée dans un hôtel à moi ! Bah ! la rue du Mont-Blanc était devenue la rue de la Chaussée-d'Antin. Je n'y vis plus mon hôtel, il avait été vendu, démoli. Des spéculateurs avaient bâti plusieurs

1. **Cosaque** : cavalier de l'armée russe.
2. **Bivouaquer** : installer un bivouac, c'est-à-dire un campement provisoire en plein air.
3. **Claye** : à l'est de Paris.
4. **Hôtel-Dieu** : hôpital fondé au Moyen Âge, situé près de la cathédrale Notre-Dame de Paris.

● **La bataille de Waterloo (18 juin 1815) marque la victoire décisive des Britanniques et des Prussiens sur Napoléon. Cette défaite va entraîner la chute de l'Empereur.**

maisons dans mes jardins●. Ignorant que ma femme fut mariée à Monsieur Ferraud, je ne pouvais obtenir aucun renseignement. Enfin je me rendis chez un vieil avocat qui jadis était chargé de mes affaires. Le bonhomme était mort après avoir cédé sa clientèle à un jeune homme. Celui-ci m'apprit, à mon grand étonnement, l'ouverture de ma succession, sa liquidation, le mariage de ma femme et la naissance de ses deux enfants. Quand je lui dis être le colonel Chabert, il se mit à rire si franchement que je le quittai sans lui faire la moindre observation. Ma détention de Stuttgart me fit songer à Charenton[1], et je résolus d'agir avec prudence. Alors, Monsieur, sachant où demeurait ma femme, je m'acheminai vers son hôtel, le cœur plein d'espoir. Eh bien, dit le colonel avec un mouvement de rage concentrée, je n'ai pas été reçu lorsque je me fis annoncer sous un nom d'emprunt, et le jour où je pris le mien je fus consigné à sa porte. Pour voir la comtesse rentrant du bal ou du spectacle, au matin, je suis resté pendant des nuits entières collé contre la borne de sa porte cochère. Mon regard plongeait dans cette voiture qui passait devant mes yeux avec la rapidité de l'éclair, et où j'entrevoyais à peine cette femme qui est mienne et qui n'est plus à moi ! Oh ! dès ce jour j'ai vécu pour la vengeance, s'écria le vieillard d'une voix sourde en se dressant tout à coup devant Derville. Elle sait que j'existe ; elle a reçu de moi, depuis mon retour, deux lettres écrites par moi-même. Elle ne

1. **Charenton (hôpital de) :** lieu d'internement des aliénés, situé au sud-est de Paris.

● **Le quartier de la Chaussée d'Antin à Paris voit s'y installer la nouvelle aristocratie, celle de l'argent, alors que la vieille aristocratie, celle des nobles, occupe le quartier du Faubourg Saint-Germain.**

Gravure de Boisson et Delort pour Le Colonel Chabert
(édition de 1886), Paris, Musée Honoré de Balzac.

m'aime plus ! Moi, j'ignore si je l'aime ou si je la déteste ! Je la désire et la maudis tour à tour. Elle me doit sa fortune, son bonheur ; eh bien, elle ne m'a pas seulement fait parvenir le plus léger secours ! Par moments je ne sais plus que devenir ! »

À ces mots, le vieux soldat retomba sur sa chaise, et redevint immobile. Derville resta silencieux, occupé à contempler son client.

« L'affaire est grave, dit-il enfin machinalement. Même en admettant l'authenticité des pièces qui doivent se trouver à Heilsberg, il ne m'est pas prouvé que nous puissions triompher tout d'abord. Le procès ira successivement devant trois tribunaux. Il faut réfléchir à tête reposée sur une semblable cause, elle est tout exceptionnelle.

– Oh ! répondit froidement le colonel en relevant la tête par un mouvement de fierté, si je succombe, je saurai mourir, mais en compagnie. »

Là, le vieillard avait disparu. Les yeux de l'homme énergique brillaient rallumés aux feux du désir et de la vengeance.

« Il faudra peut-être transiger[1], dit l'avoué.

– Transiger, répéta le colonel Chabert. Suis-je mort ou suis-je vivant ?

– Monsieur, reprit l'avoué, vous suivrez, je l'espère, mes conseils. Votre cause sera ma cause. Vous vous apercevrez bientôt de l'intérêt que je prends à votre situation, presque sans exemple dans les fastes[2] judiciaires. En attendant, je vais vous donner un mot pour mon notaire, qui vous remettra, sur votre quittance[3], cinquante francs tous les dix jours. Il ne serait pas

1. **Transiger** : faire des concessions.
2. **Fastes** : registres recensant des événements importants, ici, des procès.
3. **Quittance** : attestation écrite de remboursement d'une somme due.

convenable que vous vinssiez chercher ici des secours. Si vous êtes le colonel Chabert, vous ne devez être à la merci de personne. Je donnerai à ces avances la forme d'un prêt. Vous avez des biens à recouvrer, vous êtes riche. »

Cette dernière délicatesse arracha des larmes au vieillard. Derville se leva brusquement, car il n'était peut-être pas de costume[1] qu'un avoué parût s'émouvoir ; il passa dans son cabinet, d'où il revint avec une lettre non cachetée qu'il remit au comte Chabert. Lorsque le pauvre homme la tint entre ses doigts, il sentit deux pièces d'or à travers le papier.

« Voulez-vous me désigner les actes, me donner le nom de la ville, du royaume ? » dit l'avoué.

Le colonel dicta les renseignements en vérifiant l'orthographe des noms de lieux ; puis, il prit son chapeau d'une main, regarda Derville, lui tendit l'autre main, une main calleuse[2], et lui dit d'une voix simple : « Ma foi, monsieur, après l'Empereur, vous êtes l'homme auquel je devrai le plus ! Vous êtes un brave. »

L'avoué frappa dans la main du colonel, le reconduisit jusque sur l'escalier et l'éclaira.

« Boucard, dit Derville à son Maître clerc, je viens d'entendre une histoire qui me coûtera peut-être vingt-cinq louis. Si je suis volé, je ne regretterai pas mon argent, j'aurai vu le plus habile comédien de notre époque. »

Quand le colonel se trouva dans la rue et devant un réverbère, il retira de la lettre les deux pièces de vingt francs que l'avoué lui avait données, et les regarda pendant un moment à la lumière. Il revoyait de l'or pour la première fois depuis neuf ans.

« Je vais donc pouvoir fumer des cigares », se dit-il.

1. **De costume** : de coutume.
2. **Calleuse** : dont la peau est épaissie, durcie.

Environ trois mois après cette consultation nuitamment faite par le colonel Chabert chez Derville, le notaire chargé de payer la demi-solde que l'avoué faisait à son singulier client vint le voir pour conférer sur une affaire grave, et commença par lui réclamer six cents francs donnés au vieux militaire.

« Tu t'amuses donc à entretenir l'ancienne armée ? lui dit en riant ce notaire nommé Crottat, jeune homme qui venait d'acheter l'étude où il était Maître clerc, et dont le patron venait de prendre la fuite en faisant une épouvantable faillite.

– Je te remercie, mon cher Maître, répondit Derville, de me rappeler cette affaire-là. Ma philanthropie[1] n'ira pas au-delà de vingt-cinq louis, je crains déjà d'avoir été la dupe de mon patriotisme. »

Au moment où Derville achevait sa phrase, il vit sur son bureau les paquets que son Maître clerc y avait mis. Ses yeux furent frappés à l'aspect des timbres oblongs[2], carrés, triangulaires, rouges, bleus, apposés sur une lettre par les postes prussiennes, autrichiennes, bavaroises et françaises.

« Ah ! dit-il en riant, voici le dénouement de la comédie, nous allons voir si je suis attrapé. » Il prit la lettre et l'ouvrit, mais il n'y put rien lire, elle était écrite en allemand. « Boucard, allez vous-même faire traduire cette lettre, et revenez promptement », dit Derville en entrouvrant la porte de son cabinet et tendant la lettre à son Maître clerc.

Le notaire de Berlin auquel s'était adressé l'avoué lui annonçait que les actes dont les expéditions étaient demandées lui parviendraient quelques jours après cette lettre d'avis. Les pièces étaient, disait-il, parfaitement en règle, et revêtues des légalisations nécessaires pour faire foi en justice. En outre, il

1. **Philanthropie** : amour de l'humanité, charité.
2. **Oblong** : qui est plus long que large.

lui mandait que presque tous les témoins des faits consacrés par les procès-verbaux existaient à Prussich-Eylau[1] ; et que la femme à laquelle Monsieur le comte Chabert devait la vie vivait encore dans un des faubourgs d'Heilsberg.

« Ceci devient sérieux », s'écria Derville quand Boucard eut fini de lui donner la substance de la lettre. « Mais, dis donc, mon petit, reprit-il en s'adressant au notaire, je vais avoir besoin de renseignements qui doivent être en ton étude. N'est-ce pas chez ce vieux fripon de Roguin...

– Nous disons l'infortuné, le malheureux Roguin, reprit Me Alexandre Crottat en riant et interrompant Derville.

– N'est-ce pas chez cet infortuné qui vient d'emporter huit cent mille francs à ses clients et de réduire plusieurs familles au désespoir, que s'est faite la liquidation de la succession Chabert ? Il me semble que j'ai vu cela dans nos pièces Ferraud.

– Oui, répondit Crottat, j'étais alors troisième clerc, je l'ai copiée et bien étudiée, cette liquidation. Rose Chapotel, épouse et veuve de Hyacinthe, dit Chabert, comte de l'Empire, grand-officier de la Légion d'honneur ; ils s'étaient mariés sans contrat, ils étaient donc communs en biens. Autant que je puis m'en souvenir, l'actif[2] s'élevait à six cent mille francs. Avant son mariage, le comte Chabert avait fait un testament en faveur des hospices de Paris, par lequel il leur attribuait le quart de la fortune qu'il posséderait au moment de son décès, le domaine héritait de l'autre quart. Il y a eu licitation[3], vente et partage, parce que les avoués sont allés bon train. Lors de la liquidation,

1. **Prussich-Eylau** : nom donné au site de la bataille d'Eylau.
2. **Actif** : ensemble des biens et droits qui constituent un patrimoine.
3. **Licitation** : vente aux enchères par les copropriétaires d'un bien.

le monstre● qui gouvernait alors la France a rendu par un décret la portion du fisc à la veuve du colonel.

– Ainsi la fortune personnelle du comte Chabert ne se monterait donc qu'à trois cent mille francs.

– Par conséquent, mon vieux ! répondit Crottat. Vous avez parfois l'esprit juste, vous autres avoués, quoiqu'on vous accuse de vous le fausser en plaidant aussi bien le Pour que le Contre.

Le comte Chabert, dont l'adresse se lisait au bas de la première quittance que lui avait remise le notaire, demeurait dans le faubourg Saint-Marceau, rue du Petit-Banquier, chez un vieux maréchal des logis[1] de la garde impériale, devenu nourrisseur[2], et nommé Vergniaud. Arrivé là, Derville fut forcé d'aller à pied à la recherche de son client ; car son cocher refusa de s'engager dans une rue non pavée et dont les ornières étaient un peu trop profondes pour les roues d'un cabriolet. En regardant de tous les côtés, l'avoué finit par trouver, dans la partie de cette rue qui avoisine le boulevard, entre deux murs bâtis avec des ossements et de la terre, deux mauvais pilastres[3] en moellons[4], que le passage des voitures avait ébréchés, malgré deux morceaux de bois placés en forme de bornes. Ces pilastres soutenaient une poutre couverte d'un chaperon en tuiles, sur laquelle ces mots étaient écrits en rouge : VERGNIAUD, NOURICEURE. À droite de ce nom, se voyaient des œufs, et à gauche une vache, le tout peint en blanc. La porte était ouverte et restait sans doute ainsi pendant toute la journée. Au fond d'une cour assez spacieuse, s'élevait, en face de la porte, une maison, si toutefois

1. **Maréchal des logis** : voir la note 3 p. 35.
2. **Nourrisseur** : personne qui engraisse du bétail pour la boucherie.
3. **Pilastre** : pilier encastré dans un mur.
4. **Moellon** : pièce de construction maniable.

● **Il s'agit de Napoléon. Terme péjoratif utilisé par les ultras, partisans de la monarchie.**

ce nom convient à l'une de ces masures bâties dans les faubourgs de Paris, et qui ne sont comparables à rien, pas même aux plus chétives habitations de la campagne, dont elles ont la misère sans en avoir la poésie. En effet, au milieu des champs, les cabanes ont encore une grâce que leur donnent la pureté de l'air, la verdure, l'aspect des champs, une colline, un chemin tortueux, des vignes, une haie vive, la mousse des chaumes, et les ustensiles champêtres ; mais à Paris la misère ne se grandit que par son horreur. Quoique récemment construite, cette maison semblait près de tomber en ruine. Aucun des matériaux n'y avait eu sa vraie destination, ils provenaient tous des démolitions qui se font journellement dans Paris. Derville lut sur un volet fait avec les planches d'une enseigne : *Magasin de nouveautés*. Les fenêtres ne se ressemblaient point entre elles et se trouvaient bizarrement placées. Le rez-de-chaussée, qui paraissait être la partie habitable, était exhaussé[1] d'un côté, tandis que de l'autre les chambres étaient enterrées par une éminence[2]. Entre la porte et la maison s'étendait une mare pleine de fumier où coulaient les eaux pluviales et ménagères. Le mur sur lequel s'appuyait ce chétif logis, et qui paraissait être plus solide que les autres, était garni de cabanes grillagées où de vrais lapins faisaient leurs nombreuses familles. À droite de la porte cochère se trouvait la vacherie surmontée d'un grenier à fourrages, et qui communiquait à la maison par une laiterie. À gauche étaient une basse-cour, une écurie et un toit à cochons qui avait été fini, comme celui de la maison, en mauvaises planches de bois blanc clouées les unes sur les autres, et mal recouvertes

1. **Exhaussé** : surélevé.
2. **Éminence** : élévation de terrain relativement isolée, hauteur.

avec du jonc. Comme presque tous les endroits où se cuisinent les éléments du grand repas que Paris dévore chaque jour, la cour dans laquelle Derville mit le pied offrait les traces de la précipitation voulue par la nécessité d'arriver à heure fixe. Ces grands vases de fer-blanc bossués dans lesquels se transporte le lait, et les pots qui contiennent la crème, étaient jetés pêle-mêle devant la laiterie, avec leurs bouchons de linge. Les loques trouées qui servaient à les essuyer flottaient au soleil étendues sur des ficelles attachées à des piquets. Ce cheval pacifique, dont la race ne se trouve que chez les laitières, avait fait quelques pas en avant de sa charrette et restait devant l'écurie, dont la porte était fermée. Une chèvre broutait le pampre[1] de la vigne grêle et poudreuse qui garnissait le mur jaune et lézardé de la maison. Un chat était accroupi sur les pots à crème et les léchait. Les poules, effarouchées à l'approche de Derville, s'envolèrent en criant, et le chien de garde aboya.

« L'homme qui a décidé le gain de la bataille d'Eylau serait là ! » se dit Derville en saisissant d'un seul coup d'œil l'ensemble de ce spectacle ignoble.

La maison était restée sous la protection de trois gamins. L'un, grimpé sur le faîte d'une charrette chargée de fourrage vert, jetait des pierres dans un tuyau de cheminée de la maison voisine, espérant qu'elles y tomberaient dans la marmite. L'autre essayait d'amener un cochon sur le plancher de la charrette qui touchait à terre, tandis que le troisième pendu à l'autre bout attendait que le cochon y fût placé pour l'enlever en faisant faire la bascule à la charrette. Quand Derville leur demanda si c'était bien là que demeurait Monsieur Chabert, aucun ne répondit,

1. **Pampre** : branche de vigne avec ses feuilles et ses grappes.

et tous trois le regardèrent avec une stupidité spirituelle, s'il est permis d'allier ces deux mots. Derville réitéra ses questions sans succès. Impatienté par l'air narquois[1] des trois drôles[2], il leur dit de ces injures plaisantes que les jeunes gens se croient le droit d'adresser aux enfants, et les gamins rompirent le silence par un rire brutal. Derville se fâcha. Le colonel, qui l'entendit, sortit d'une petite chambre basse située près de la laiterie et apparut sur le seuil de sa porte avec un flegme[3] militaire inexprimable. Il avait à la bouche une de ces pipes notablement culottées (expression technique des fumeurs), une de ces humbles pipes de terre blanche nommées des brûle-gueule. Il leva la visière d'une casquette horriblement crasseuse, aperçut Derville et traversa le fumier, pour venir plus promptement à son bienfaiteur, en criant d'une voix amicale aux gamins : « Silence dans les rangs ! » Les enfants gardèrent aussitôt un silence respectueux qui annonçait l'empire exercé sur eux par le vieux soldat.

« Pourquoi ne m'avez-vous pas écrit? dit-il à Derville. Allez le long de la vacherie ! Tenez, là, le chemin est pavé », s'écria-t-il en remarquant l'indécision de l'avoué qui ne voulait pas se mouiller les pieds dans le fumier.

En sautant de place en place, Derville arriva sur le seuil de la porte par où le colonel était sorti. Chabert parut désagréablement affecté d'être obligé de le recevoir dans la chambre qu'il occupait. En effet, Derville n'y aperçut qu'une seule chaise. Le lit du colonel consistait en quelques bottes de paille sur lesquelles son hôtesse avait étendu deux ou trois lambeaux de ces vieilles tapisseries, ramassées je ne sais où, qui servent aux laitières à

1. **Narquois** : rusé et moqueur.
2. **Drôles** : patois pour « gamins ».
3. **Flegme** : sang-froid, calme.

garnir les bancs de leurs charrettes. Le plancher était tout simplement en terre battue. Les murs salpêtrés[1], verdâtres et fendus répandaient une si forte humidité, que le mur contre lequel couchait le colonel était tapissé d'une natte en jonc. Le fameux carrick pendait à un clou. Deux mauvaises paires de bottes gisaient dans un coin. Nul vestige de linge. Sur la table vermoulue[2], les *Bulletins de la Grande Armée* réimprimés par Plancher étaient ouverts, et paraissaient être la lecture du colonel, dont la physionomie était calme et sereine au milieu de cette misère. Sa visite chez Derville semblait avoir changé le caractère de ses traits, où l'avoué trouva les traces d'une pensée heureuse, une lueur particulière qu'y avait jetée l'espérance.

« La fumée de la pipe vous incommode-t-elle ? dit-il, en tendant à son avoué la chaise à moitié dépaillée.

– Mais, colonel, vous êtes horriblement mal ici. »

Cette phrase fut arrachée à Derville par la défiance naturelle aux avoués, et par la déplorable expérience que leur donnent de bonne heure les épouvantables drames inconnus auxquels ils assistent.

« Voilà, se dit-il, un homme qui aura certainement employé mon argent à satisfaire les trois vertus théologales[3] du troupier[4] : le jeu, le vin et les femmes !

– C'est vrai, Monsieur, nous ne brillons pas ici par le luxe. C'est un bivouac tempéré par l'amitié, mais » Ici le soldat lança un regard profond à l'homme de loi. « Mais, je n'ai fait de tort à personne, je n'ai jamais repoussé personne, et je dors tranquille. »

1. **Salpêtré** : recouvert de salpêtre, composé chimique naturel qui se forme sur les vieux murs.
2. **Vermoulu** : rongé par les vers.
3. **Vertus théologales** : vertus les plus importantes pour le salut de l'âme.
4. **Troupier** : voir la note 4 p. 30.

L'avoué songea qu'il y aurait peu de délicatesse à demander compte à son client des sommes qu'il lui avait avancées, et il se contenta de lui dire : « Pourquoi n'avez-vous donc pas voulu venir dans Paris où vous auriez pu vivre aussi peu chèrement que vous vivez ici, mais où vous auriez été mieux ?

– Mais, répondit le colonel, les braves gens chez lesquels je suis m'avaient recueilli, nourri gratis depuis un an ! comment les quitter au moment où j'avais un peu d'argent? Puis le père de ces trois gamins est un vieux égyptien...

– Comment, un égyptien ?

– Nous appelons ainsi les troupiers qui sont revenus de l'expédition d'Égypte de laquelle j'ai fait partie. Non seulement tous ceux qui en sont revenus sont un peu frères, mais Vergniaud était alors dans mon régiment, nous avions partagé de l'eau dans le désert. Enfin, je n'ai pas encore fini d'apprendre à lire à ses marmots.

– Il aurait bien pu vous mieux loger, pour votre argent, lui.

– Bah ! dit le colonel, ses enfants couchent comme moi sur la paille ! Sa femme et lui n'ont pas un lit meilleur, ils sont bien pauvres, voyez vous ? ils ont pris un établissement au-dessus de leurs forces. Mais si je recouvre ma fortune !... Enfin, suffit !

– Colonel, je dois recevoir demain ou après vos actes d'Heilsberg. Votre libératrice vit encore !

– Sacré argent ! Dire que je n'en ai pas ! » s'écria-t-il en jetant par terre sa pipe.

Une pipe culottée est une pipe précieuse pour un fumeur ; mais ce fut par un geste si naturel, par un mouvement si généreux, que tous les fumeurs et même la Régie[1] lui eussent

1. **Régie** : ici, la Régie française des tabacs (une régie est une entreprise confiée par l'État à un établissement qui le représente).

pardonné ce crime de lèse-tabac. Les anges auraient peut-être ramassé les morceaux.

« Colonel, votre affaire est excessivement compliquée, lui dit Derville en sortant de la chambre pour s'aller promener au soleil le long de la maison.

– Elle me paraît, dit le soldat, parfaitement simple. L'on m'a cru mort, me voilà ! Rendez-moi ma femme et ma fortune ; donnez-moi le grade de général auquel j'ai droit, car j'ai passé colonel dans la garde impériale, la veille de la bataille d'Eylau.

– Les choses ne vont pas ainsi dans le monde judiciaire, reprit Derville. Écoutez-moi. Vous êtes le comte Chabert, je le veux bien, mais il s'agit de le prouver judiciairement à des gens qui vont avoir intérêt à nier votre existence. Ainsi, vos actes seront discutés. Cette discussion entamera dix ou douze questions préliminaires. Toutes iront contradictoirement jusqu'à la cour suprême, et constitueront autant de procès coûteux, qui traîneront en longueur, quelle que soit l'activité que j'y mette. Vos adversaires demanderont une enquête à laquelle nous ne pourrons pas nous refuser, et qui nécessitera peut-être une commission rogatoire en Prusse. Mais supposons tout au mieux : admettons qu'il soit reconnu promptement par la justice que vous êtes le colonel Chabert. Savons-nous comment sera jugée la question soulevée par la bigamie[1] fort innocente de la comtesse Ferraud? Dans votre cause, le point de droit est en dehors du code, et ne peut être jugé par les juges que suivant les lois de la conscience, comme fait le jury dans les questions délicates que présentent les bizarreries sociales de quelques procès criminels. Or, vous

1. **Bigamie** : fait de contracter un second mariage sans qu'il y ait dissolution du premier.

n'avez pas eu d'enfants de votre mariage, et M. le comte Ferraud en a deux du sien, les juges peuvent déclarer nul le mariage où se rencontrent les liens les plus faibles, au profit du mariage qui en comporte de plus forts, du moment où il y a eu bonne foi chez les contractants. Serez-vous dans une position morale bien belle, en voulant *mordicus*[1] avoir à votre âge et dans les circonstances où vous vous trouvez une femme qui ne vous aime plus ? Vous aurez contre vous votre femme et son mari, deux personnes puissantes qui pourront influencer les tribunaux. Le procès a donc des éléments de durée. Vous aurez le temps de vieillir dans les chagrins les plus cuisants.

– Et ma fortune ?

– Vous vous croyez donc une grande fortune ?

– N'avais-je pas trente mille livres de rente ?

– Mon cher colonel, vous aviez fait, en 1799, avant votre mariage, un testament qui léguait le quart de vos biens aux hospices.

– C'est vrai.

– Eh bien, vous censé mort, n'a-t-il pas fallu procéder à un inventaire, à une liquidation afin de donner ce quart aux hospices ? Votre femme ne s'est pas fait scrupule de tromper les pauvres. L'inventaire, où sans doute elle s'est bien gardée de mentionner l'argent comptant, les pierreries, où elle aura produit peu d'argenterie, et où le mobilier a été estimé à deux tiers au-dessous du prix réel, soit pour la favoriser, soit pour payer moins de droits au fisc, et aussi parce que les commissaires-priseurs[2] sont responsables de leurs estimations, l'inventaire ainsi fait a établi six cent mille francs de valeurs. Pour sa part,

1. ***Mordicus*** : obstinément, avec ténacité.
2. **Commissaire-priseur** : officier ministériel chargé de l'estimation des objets mobiliers et de leur vente aux enchères.

votre veuve avait droit à la moitié. Tout a été vendu, racheté par elle, elle a bénéficié sur tout, et les hospices ont eu leurs soixante-quinze mille francs. Puis, comme le fisc héritait de vous, attendu que vous n'aviez pas fait mention de votre femme dans votre testament, l'Empereur a rendu par un décret à votre veuve la portion qui revenait au domaine public. Maintenant, à quoi avez-vous droit ? à trois cent mille francs seulement, moins les frais.

– Et vous appelez cela la justice ? dit le colonel ébahi.

– Mais, certainement...

– Elle est belle.

– Elle est ainsi, mon pauvre colonel. Vous voyez que ce que vous avez cru facile ne l'est pas. Mme Ferraud peut même vouloir garder la portion qui lui a été donnée par l'Empereur.

– Mais elle n'était pas veuve, le décret est nul...

– D'accord. Mais tout se plaide. Écoutez-moi. Dans ces circonstances, je crois qu'une transaction• serait, et pour vous et pour elle, le meilleur dénouement du procès. Vous y gagnerez une fortune plus considérable que celle à laquelle vous auriez droit.

– Ce serait vendre ma femme !

– Avec vingt-quatre mille francs de rente, vous aurez, dans la position où vous vous trouvez, des femmes qui vous conviendront mieux que la vôtre, et qui vous rendront plus heureux. Je compte aller voir aujourd'hui même Mme la comtesse Ferraud afin de sonder le terrain ; mais je n'ai pas voulu faire cette démarche sans vous en prévenir.

– Allons ensemble chez elle...

• *La Transaction* est le titre de la première version du *Colonel Chabert*, parue en 1832.

– Fait comme vous êtes ? dit l'avoué. Non, non, colonel, non. Vous pourriez y perdre tout à fait votre procès...

– Mon procès est-il gagnable ?

– Sur tous les chefs[1], répondit Derville. Mais, mon cher colonel Chabert, vous ne faites pas attention à une chose. Je ne suis pas riche, ma charge n'est pas entièrement payée. Si les tribunaux vous accordent une provision, c'est-à-dire une somme à prendre par avance sur votre fortune, ils ne l'accorderont qu'après avoir reconnu vos qualités de comte Chabert, grand-officier de la Légion d'honneur.

– Tiens, je suis grand-officier de la Légion, je n'y pensais plus, dit-il naïvement.

– Eh bien, jusque-là, reprit Derville, ne faut-il pas plaider, payer des avocats, lever et solder les jugements, faire marcher des huissiers, et vivre ? Les frais des instances préparatoires se monteront, à vue de nez, à plus de douze ou quinze mille francs. Je ne les ai pas, moi qui suis écrasé par les intérêts énormes que je paye à celui qui m'a prêté l'argent de ma charge. Et vous ? où les trouverez-vous ? »

De grosses larmes tombèrent des yeux flétris du pauvre soldat et roulèrent sur ses joues ridées. À l'aspect de ces difficultés, il fut découragé. Le monde social et judiciaire lui pesait sur la poitrine comme un cauchemar.

« J'irai, s'écria-t-il, au pied de la colonne de la place Vendôme, je crierai là : «Je suis le colonel Chabert qui a enfoncé le grand carré des Russes à Eylau !» Le bronze, lui ! me reconnaîtra.

1. **Sur tous les chefs** : ici, sur tous les chefs d'accusation, tous les crimes imputés au prévenu ou à l'accusé.

La colonne Vendôme, située sur la place du même nom, à Paris, a été coulée dans le bronze des canons pris à l'ennemi lors de la bataille d'Austerlitz. Jusqu'en 1818, elle était surmontée d'une statue de Napoléon représenté en empereur romain ; celle que l'on voit aujourd'hui est une copie.

– Et l'on vous mettra sans doute à Charenton. »

À ce nom redouté, l'exaltation du militaire tomba.

« N'y aurait-il donc pas pour moi quelques chances favorables au ministère de la Guerre ?

– Les bureaux ! dit Derville. Allez-y, mais avec un jugement bien en règle qui déclare nul votre acte de décès. Les bureaux voudraient pouvoir anéantir les gens de l'Empire. »

Le colonel resta pendant un moment interdit, immobile, regardant sans voir, abîmé dans un désespoir sans bornes. La justice militaire est franche, rapide, elle décide à la turque[1], et juge presque toujours bien ; cette justice était la seule que connut Chabert. En apercevant le dédale[2] de difficultés où il fallait s'engager, en voyant combien il fallait d'argent pour y voyager, le pauvre soldat reçut un coup mortel dans cette puissance particulière à l'homme et que l'on nomme la volonté. Il lui parut impossible de vivre en plaidant, il fut pour lui mille fois plus simple de rester pauvre, mendiant, de s'engager comme cavalier si quelque régiment voulait de lui. Ses souffrances physiques et morales lui avaient déjà vicié[3] le corps dans quelques-uns des organes les plus importants. Il touchait à l'une de ces maladies pour lesquelles la médecine n'a pas de nom, dont le siège est en quelque sorte mobile comme l'appareil nerveux qui paraît le plus attaqué parmi tous ceux de notre machine, affection qu'il faudrait nommer le *spleen*[4] du malheur. Quelque grave que fût déjà ce mal invisible, mais réel, il était encore guérissable par une heureuse

1. **À la turque** : de manière expéditive.
2. **Dédale** : ensemble compliqué, inextricable, du nom de Dédale, légendaire bâtisseur du labyrinthe où le Minotaure était enfermé.
3. **Vicié** : corrompu, abîmé.
4. ***Spleen*** : mot anglais qui désigne la mélancolie, le dégoût de toute chose.

conclusion. Pour ébranler tout à fait cette vigoureuse organisation, il suffirait d'un obstacle nouveau, de quelque fait imprévu qui en romprait les ressorts affaiblis et produirait ces hésitations, ces actes incompris, incomplets, que les physiologistes observent chez les êtres ruinés par les chagrins.

En reconnaissant alors les symptômes d'un profond abattement chez son client, Derville lui dit : « Prenez courage, la solution de cette affaire ne peut que vous être favorable. Seulement, examinez si vous pouvez me donner toute votre confiance, et accepter aveuglément le résultat que je croirai le meilleur pour vous.

– Faites comme vous voudrez, dit Chabert.

– Oui, mais vous vous abandonnez à moi comme un homme qui marche à la mort ?

– Ne vais-je pas rester sans état, sans nom ? Est-ce tolérable ?

– Je ne l'entends pas ainsi, dit l'avoué. Nous poursuivrons à l'amiable un jugement pour annuler votre acte de décès et votre mariage, afin que vous repreniez vos droits. Vous serez même, par l'influence du comte Ferraud, porté sur les cadres de l'armée comme général, et vous obtiendrez sans doute une pension.

– Allez donc ! répondit Chabert, je me fie entièrement à vous.

– Je vous enverrai donc une procuration à signer, dit Derville. Adieu, bon courage ! S'il vous faut de l'argent, comptez sur moi. »

Chabert serra chaleureusement la main de Derville, et resta le dos appuyé contre la muraille, sans avoir la force de le suivre autrement que des yeux. Comme tous les gens qui comprennent peu les affaires judiciaires, il s'effrayait de cette lutte imprévue. Pendant cette conférence, à plusieurs reprises, il s'était avancé, hors d'un pilastre de la porte cochère, la figure d'un homme posté dans la rue pour guetter la sortie de Derville, et qui l'accosta quand il sortit. C'était un vieux homme vêtu d'une veste bleue, d'une cotte blanche plissée semblable à celle des brasseurs, et qui portait sur la tête une casquette de loutre. Sa figure était brune, creusée, ridée, mais rougie sur les pommettes par l'excès du travail et hâlée[1] par le grand air.

« Excusez, Monsicur, dit-il à Derville en l'arrêtant par le bras, si je prends la liberté de vous parler, mais je me suis douté, en vous voyant, que vous étiez l'ami de notre général.

– Eh bien ? dit Derville, en quoi vous intéressez vous à lui ? Mais qui êtes-vous ? reprit le défiant avoué.

– Je suis Louis Vergniaud, répondit-il d'abord. Et j'aurais deux mots à vous dire.

– Et c'est vous qui avez logé le comte Chabert comme il l'est ?

– Pardon, excuse, Monsieur, il a la plus belle chambre. Je lui aurais donné la mienne, si je n'en avais eu qu'une. J'aurais couché dans l'écurie. Un homme qui a souffert comme lui, qui apprend à lire à mes mioches, un général, un égyptien, le premier lieutenant sous lequel j'ai servi... faudrait voir ? Du tout, il est le mieux logé. J'ai partagé avec lui ce que j'avais. Malheureusement ce n'était pas grand-chose, du pain, du lait, des œufs ; enfin à la guerre comme à la guerre ! C'est de bon cœur. Mais il nous a vexés.

– Lui ?

– Oui, Monsieur, vexés, là ce qui s'appelle en plein. J'ai pris un établissement au-dessus de mes forces, il le voyait bien. Ça vous le contrariait, et il pansait le cheval ! Je lui dis : « Mais, mon général ? – Bah ! qui dit, je ne veux pas être comme un fainéant, et il y a longtemps que je sais brosser le lapin. » J'avais donc fait des billets pour le prix de ma vacherie à un nommé Grados... Le connaissez-vous, Monsieur ?

1. **Hâlé** : coloré, bruni par le soleil.

– Mais, mon cher, je n'ai pas le temps de vous écouter. Seulement dites-moi comment le colonel vous a vexés !

– Il nous a vexés, Monsieur, aussi vrai que je m'appelle Louis Vergniaud et que ma femme en a pleuré. Il a su par les voisins que nous n'avions pas le premier sou de notre billet. Le vieux grognard, sans rien dire, a amassé tout ce que vous lui donniez, a guetté le billet et l'a payé. C'te malice ! Que ma femme et moi nous savions qu'il n'avait pas de tabac, ce pauvre vieux, et qu'il s'en passait ! Oh ! maintenant, tous les matins il a ses cigares ! Je me vendrais plutôt... Non ! nous sommes vexés. Donc, je voudrais vous proposer de nous prêter, vu qu'il nous a dit que vous étiez un brave homme, une centaine d'écus sur notre établissement, afin que nous lui fassions faire des habits, que nous lui meublions sa chambre. Il a cru nous acquitter, pas vrai ? Eh bien, au contraire, voyez-vous, l'ancien nous a endettés... et vexés ! Il ne devait pas nous faire cette avanie[1]-là. Il nous a vexés ! et des amis, encore ! Foi d'honnête homme, aussi vrai que je m'appelle Louis Vergniaud, je m'engagerais plutôt que de ne pas vous rendre cet argent-là. »

Derville regarda le nourrisseur, et fit quelques pas en arrière pour revoir la maison, la cour, les fumiers, l'étable, les lapins, les enfants.

« Par ma foi, je crois qu'un des caractères de la vertu est de ne pas être propriétaire, se dit-il. Va, tu auras tes cent écus ! et plus même. Mais ce ne sera pas moi qui te les donnerai, le colonel sera bien assez riche pour t'aider, et je ne veux pas lui en ôter le plaisir.

– Ce sera-t-il bientôt ?

1. **Avanie** : traitement humiliant, affront public.

– Mais oui.

– Ah ! mon Dieu, que mon épouse va-t-être contente ! »

Et la figure tannée du nourrisseur sembla s'épanouir.

« Maintenant, se dit Derville en remontant dans son cabriolet, allons chez notre adversaire. Ne laissons pas voir notre jeu, tâchons de connaître le sien, et gagnons la partie d'un seul coup. Il faudrait l'effrayer ? Elle est femme. De quoi s'effraient le plus les femmes ? Mais les femmes ne s'effraient que de... »

Il se mit à étudier la position de la comtesse, et tomba dans une de ces méditations auxquelles se livrent les grands politiques en concevant leurs plans, en tâchant de deviner le secret des cabinets ennemis. Les avoués ne sont-ils pas en quelque sorte des hommes d'État chargés des affaires privées ? Un coup d'œil jeté sur la situation de M. le comte Ferraud et de sa femme est ici nécessaire pour faire comprendre le génie de l'avoué.

M. le comte Ferraud était le fils d'un ancien Conseiller au Parlement de Paris, qui avait émigré pendant le temps de la Terreur●, et qui, s'il sauva sa tête, perdit sa fortune. Il rentra sous le Consulat et resta constamment fidèle aux intérêts de Louis XVIII, dans les entours duquel était son père avant la révolution. Il appartenait donc à cette partie du faubourg Saint-Germain qui résista noblement aux séductions de Napoléon. La réputation de capacité que se fit le jeune comte, alors simplement appelé M. Ferraud, le rendit l'objet des coquetteries de l'Empereur, qui souvent était aussi heureux de ses conquêtes sur l'aristocratie que

● La Terreur (1792 et 1793-1794) se manifesta par l'arrestation de Louis XVI et les massacres de Septembre, puis, après la victoire des Girondins sur les Montagnards et à l'instigation de Robespierre, par l'incarcération de personnes suspectées d'être anti-révolutionnaires, qui furent guillotinées.

du gain d'une bataille. On promit au comte la restitution de son titre, celle de ses biens non vendus, on lui montra dans le lointain un ministère, une sénatorerie[1]. L'Empereur échoua. M. Ferraud était, lors de la mort du comte Chabert, un jeune homme de vingt-six ans, sans fortune, doué de formes agréables, qui avait des succès et que le faubourg Saint-Germain avait adopté comme une de ses gloires ; mais Mme la comtesse Chabert avait su tirer un si bon parti de la succession de son mari, qu'après dix-huit mois de veuvage elle possédait environ quarante mille livres de rente. Son mariage avec le jeune comte ne fut pas accepté comme une nouvelle par les coteries[2] du faubourg Saint-Germain. Heureux de ce mariage qui répondait à ses idées de fusion, Napoléon rendit à Mme Chabert la portion dont héritait le fisc dans la succession du colonel ; mais l'espérance de Napoléon fut encore trompée. Mme Ferraud n'aimait pas seulement son amant dans le jeune homme, elle avait été séduite aussi par l'idée d'entrer dans cette société dédaigneuse qui, malgré son abaissement, dominait la cour impériale. Toutes ses vanités étaient flattées autant que ses passions dans ce mariage. Elle allait devenir une femme comme il faut. Quand le faubourg Saint-Germain sut que le mariage du jeune comte n'était pas une défection[3], les salons s'ouvrirent à sa femme. La Restauration vint. La fortune politique du comte Ferraud ne fut pas rapide. Il comprenait les exigences de la position dans laquelle se trouvait

1. **Sénatorerie** : charge de sénateur attribuée par l'Empereur, assortie d'une habitation et d'un revenu important.
2. **Coterie** : association de personnes ayant les mêmes intérêts.
3. **Défection** : abandon d'une cause ou d'un parti.

La Restauration (1814-1830) vit se succéder, après la chute de Napoléon, les règnes de Louis XVIII (1814 à 1824, exceptée la période des Cent-Jours, de mars à juillet 1815) et de Charles X (1824-1830).

Louis XVIII, il était du nombre des initiés qui attendaient *que l'abîme des révolutions fût fermé* car cette phrase royale, dont se moquèrent tant les libéraux, cachait un sens politique. Néanmoins, l'ordonnance citée dans la longue phase cléricale qui commence cette histoire lui avait rendu deux forêts et une terre dont la valeur avait considérablement augmenté pendant le séquestre[1]. En ce moment, quoique le comte Ferraud fut conseiller d'État, directeur général, il ne considérait sa position que comme le début de sa fortune politique. Préoccupé par les soins d'une ambition dévorante, il s'était attaché comme secrétaire un ancien avoué ruiné nommé Delbecq, homme plus qu'habile, qui connaissait admirablement les ressources de la chicane, et auquel il laissait la conduite de ses affaires privées. Le rusé praticien avait assez bien compris sa position chez le comte pour y être probe[2] par spéculation[3]. Il espérait parvenir à quelque place par le crédit de son patron, dont la fortune était l'objet de tous ses soins. Sa conduite démentait tellement sa vie antérieure qu'il passait pour un homme calomnié. Avec le tact et la finesse dont sont plus ou moins douées toutes les femmes, la comtesse, qui avait deviné son intendant, le surveillait adroitement, et savait si bien le manier, qu'elle en avait déjà tiré un très bon parti pour l'augmentation de sa fortune particulière. Elle avait su persuader à Delbecq qu'elle gouvernait M. Ferraud, et lui avait promis de le faire nommer président d'un tribunal de première instance dans l'une des plus importantes villes de

1. **Séquestre** : le fait que les biens soient retenus par l'État.
2. **Probe** : honnête.
3. **Spéculation** : calcul.

Le narrateur fait ici référence à la longue scène du début du récit au cours de laquelle discutent les clercs du cabinet de Derville, et où est citée l'ordonnance de décembre 1814 qui rendait leurs biens confisqués à leurs anciens propriétaires.

France, s'il se dévouait entièrement à ses intérêts. La promesse d'une place inamovible[1] qui lui permettrait de se marier avantageusement et de conquérir plus tard une haute position dans la carrière politique en devenant député fit de Delbecq l'âme damnée[2] de la comtesse. Il ne lui avait laissé manquer aucune des chances favorables que les mouvements de Bourse et la hausse des propriétés présentèrent dans Paris aux gens habiles pendant les trois premières années de la Restauration. Il avait triplé les capitaux de sa protectrice, avec d'autant plus de facilité que tous les moyens avaient paru bons à la comtesse afin de rendre promptement sa fortune énorme. Elle employait les émoluments[3] des places occupées par le comte aux dépenses de la maison, afin de pouvoir capitaliser ses revenus, et Delbecq se prêtait aux calculs de cette avarice sans chercher à s'en expliquer les motifs. Ces sortes de gens ne s'inquiètent que des secrets dont la découverte est nécessaire à leurs intérêts. D'ailleurs il en trouvait si naturellement la raison dans cette soif d'or dont sont atteintes la plupart des Parisiennes, et il fallait une si grande fortune pour appuyer les prétentions du comte Ferraud, que l'intendant croyait parfois entrevoir dans l'avidité de la comtesse un effet de son dévouement pour l'homme de qui elle était toujours éprise. La comtesse avait enseveli les secrets de sa conduite au fond de son cœur. Là étaient des secrets de vie et de mort pour elle, là était précisément le nœud de cette histoire. Au commencement de l'année 1818, la Restauration fut assise sur des bases en apparence inébranlables, ses doctrines gouvernementales, comprises

1. **Inamovible** : qui ne peut être annulé ou remplacé.
2. **Être l'âme damnée de quelqu'un** : se dévouer à quelqu'un au point de se damner pour lui.
3. **Émoluments** : honoraires d'un officier ministériel.

par les esprits élevés, leur parurent devoir amener pour la France une ère de prospérité nouvelle, alors la société parisienne changea de face. Mme la comtesse Ferraud se trouva par hasard avoir fait tout ensemble un mariage d'amour, de fortune et d'ambition. Encore jeune et belle, Mme Ferraud joua le rôle d'une femme à la mode, et vécut dans l'atmosphère de la cour. Riche par elle-même, riche par son mari, qui, prôné comme un des hommes les plus capables du parti royaliste et l'ami du Roi, semblait promis à quelque ministère, elle appartenait à l'aristocratie, elle en partageait la splendeur. Au milieu de ce triomphe, elle fut atteinte d'un cancer moral. Il est de ces sentiments que les femmes devinent malgré le soin que les hommes mettent à les enfouir. Au premier retour du roi, le comte Ferraud avait conçu quelques regrets de son mariage. La veuve du colonel Chabert ne l'avait allié à personne, il était seul et sans appui pour se diriger dans une carrière pleine d'écueils[1] et pleine d'ennemis. Puis, peut-être, quand il avait pu juger froidement sa femme, avait-il reconnu chez elle quelques vices d'éducation qui la rendaient impropre à le seconder dans ses projets. Un mot dit par lui à propos du mariage de Talleyrand éclaira la comtesse, à laquelle il fut prouvé que si son mariage était à faire, jamais elle n'eut été Mme Ferraud. Ce regret, quelle femme le pardonnerait ? Ne contient-il pas toutes les injures, tous les crimes, toutes les répudiations en germe? Mais quelle plaie ne devait pas faire ce mot dans le cœur de la comtesse, si l'on vient à supposer qu'elle craignait de voir revenir son premier mari ! Elle l'avait su vivant, elle l'avait repoussé. Puis, pendant le temps où elle n'en avait plus entendu parler, elle s'était plu à le croire mort à Waterloo avec les

1. **Écueil** : obstacle dangereux, cause d'échec.

aigles impériales en compagnie de Boutin. Néanmoins elle conçut d'attacher le comte à elle par le plus fort des liens, par la chaîne d'or, et voulut être si riche que sa fortune rendît son second mariage indissoluble, si par hasard le comte Chabert reparaissait encore. Et il avait reparu, sans qu'elle s'expliquât pourquoi la lutte qu'elle redoutait n'avait pas déjà commencé. Les souffrances, la maladie l'avaient peut-être délivrée de cet homme. Peut-être était-il à moitié fou, Charenton pouvait encore lui en faire raison. Elle n'avait pas voulu mettre Delbecq ni la police dans sa confidence, de peur de se donner un maître, ou de précipiter la catastrophe. Il existe à Paris beaucoup de femmes qui, semblables à la comtesse Ferraud, vivent avec un monstre moral inconnu, ou côtoient un abîme ; elles se font un calus[1] à l'endroit de leur mal, et peuvent encore rire et s'amuser.

« Il y a quelque chose de bien singulier dans la situation de M. le comte Ferraud, se dit Derville en sortant de sa longue rêverie, au moment où son cabriolet s'arrêtait rue de Varenne, à la porte de l'hôtel Ferraud. Comment, lui si riche, aimé du Roi, n'est-il pas encore pair de France ? Il est vrai qu'il entre peut-être dans la politique du Roi, comme me le disait Mme de Grandlieu, de donner une haute importance à la pairie en ne la prodiguant pas. D'ailleurs, le fils d'un conseiller au Parlement n'est ni un Crillon, ni un Rohan. Le comte Ferraud ne peut entrer que subrepticement dans la chambre haute. Mais, si son mariage était cassé, ne pourrait-il faire passer sur sa tête, à la grande satisfaction du Roi, la pairie d'un de ces vieux sénateurs qui n'ont que des filles? Voilà certes une bonne bourde[2] à mettre en avant pour effrayer notre comtesse », se dit-il en montant le perron.

1. **Calus** : durillon ; endurcissement du cœur au sens figuré.
2. **Bourde** : ici, histoire inventée pour tromper quelqu'un.

Derville avait, sans le savoir, mis le doigt sur la plaie secrète, enfoncé la main dans le cancer qui dévorait Mme Ferraud. Il fut reçu par elle dans une jolie salle à manger d'hiver, où elle déjeunait en jouant avec un singe attaché par une chaîne à une espèce de petit poteau garni de bâtons en fer. La comtesse était enveloppée dans un élégant peignoir, les boucles de ses cheveux, négligemment rattachés, s'échappaient d'un bonnet qui lui donnait un air mutin[1]. Elle était fraîche et rieuse. L'argent, le vermeil, la nacre étincelaient sur la table, et il y avait autour d'elle des fleurs curieuses plantées dans de magnifiques vases en porcelaine. En voyant la femme du comte Chabert, riche de ses dépouilles[2], au sein du luxe, au faîte de la société, tandis que le malheureux vivait chez un pauvre nourrisseur au milieu des bestiaux, l'avoué se dit : « La morale de ceci est qu'une jolie femme ne voudra jamais reconnaître son mari, ni même son amant dans un homme en vieux carrick, en perruque de chiendent[3] et en bottes percées. » Un sourire malicieux et mordant exprima les idées moitié philosophiques, moitié railleuses qui devaient venir à un homme si bien placé pour connaître le fond des choses, malgré les mensonges sous lesquels la plupart des familles parisiennes cachent leur existence.

« Bonjour, Monsieur Derville, dit-elle en continuant à faire prendre du café au singe.

– Madame, dit-il brusquement, car il se choqua du ton léger avec lequel la comtesse lui avait dit : “Bonjour, Monsieur Derville”, je viens causer avec vous d'une affaire assez grave.

1. **Mutin** : malicieux, espiègle.
2. **Dépouilles** : ce qu'on prend à l'ennemi sur le champ de bataille. Ici, le terme désigne métaphoriquement les biens pris à Chabert par sa femme.
3. **Chiendent** : mauvaise herbe dont on faisait des brosses avec les racines séchées.

– J'en suis désespérée, M. le comte est absent...

– J'en suis enchanté, moi, Madame. Il serait désespérant qu'il assistât à notre conférence. Je sais d'ailleurs, par Delbecq, que vous aimez à faire vos affaires vous-même sans en ennuyer M. le comte.

– Alors, je vais faire appeler Delbecq, dit-elle.

– Il vous serait inutile, malgré son habileté, reprit Derville. Écoutez, madame, un mot suffira pour vous rendre sérieuse. Le comte Chabert existe.

– Est-ce en disant de semblables bouffonneries que vous voulez me rendre sérieuse ? » dit-elle en partant d'un éclat de rire.

Mais la comtesse fut tout à coup domptée par l'étrange lucidité du regard fixe par lequel Derville l'interrogeait en paraissant lire au fond de son âme.

« Madame, répondit-il avec une gravité froide et perçante, vous ignorez l'étendue des dangers qui vous menacent. Je ne vous parlerai pas de l'incontestable authenticité des pièces, ni de la certitude des preuves qui attestent l'existence du comte Chabert. Je ne suis pas homme à me charger d'une mauvaise cause, vous le savez. Si vous vous opposez à notre inscription en faux contre l'acte de décès, vous perdrez ce premier procès, et cette question résolue en notre faveur nous fait gagner toutes les autres.

– De quoi prétendez-vous donc me parler ?

– Ni du colonel, ni de vous. Je ne vous parlerai pas non plus des mémoires que pourraient faire des avocats spirituels, armés des faits curieux de cette cause, et du parti qu'ils tireraient des lettres que vous avez reçues de votre premier mari avant la célébration de votre mariage avec votre second.

– Cela est faux ! dit-elle avec toute la violence d'une petite-maîtresse[1]. Je n'ai jamais reçu de lettre du comte Chabert ; et si quelqu'un se dit être le colonel, ce ne peut être qu'un intrigant, quelque forçat libéré, comme Coignard peut-être. Le frisson prend rien que d'y penser. Le colonel peut-il ressusciter, Monsieur ? Bonaparte m'a fait complimenter[2] sur sa mort par un aide de camp, et je touche encore aujourd'hui trois mille francs de pension accordée à sa veuve par les Chambres. J'ai eu mille fois raison de repousser tous les Chabert qui sont venus, comme je repousserai tous ceux qui viendront.

– Heureusement nous sommes seuls, Madame. Nous pouvons mentir à notre aise », dit-il froidement en s'amusant à aiguillonner la colère qui agitait la comtesse afin de lui arracher quelques indiscrétions, par une manœuvre familière aux avoués, habitués à rester calmes quand leurs adversaires ou leurs clients s'emportent.

« Hé bien donc, à nous deux », se dit-il à lui-même en imaginant à l'instant un piège pour lui démontrer sa faiblesse. « La preuve de la remise de la première lettre existe, Madame, reprit-il à haute voix, elle contenait des valeurs...

– Oh ! pour des valeurs, elle n'en contenait pas.

– Vous avez donc reçu cette première lettre, reprit Derville en souriant. Vous êtes déjà prise dans le premier piège que vous tend un avoué, et vous croyez pouvoir lutter avec la justice... »

La comtesse rougit, pâlit, se cacha la figure dans les mains. Puis, elle secoua sa honte, et reprit avec le sang-froid naturel à ces sortes de femmes : « Puisque vous êtes l'avoué du prétendu Chabert, faites-moi le plaisir de...

1. **Petite-maîtresse** : jeune élégante aux allures maniérées et prétentieuse.
2. **Complimenter** : ici, adresser des condoléances.

– Madame, dit Derville en l'interrompant, je suis encore en ce moment votre avoué comme celui du colonel. Croyez-vous que je veuille perdre une clientèle aussi précieuse que l'est la vôtre ? Mais vous ne m'écoutez pas...

– Parlez, Monsieur, dit-elle gracieusement.

– Votre fortune vous venait de M. le comte Chabert et vous l'avez repoussé. Votre fortune est colossale, et vous le laissez mendier. Madame, les avocats sont bien éloquents lorsque les causes sont éloquentes par elles-mêmes, il se rencontre ici des circonstances capables de soulever contre vous l'opinion publique.

– Mais, Monsieur, dit la comtesse impatientée de la manière dont Derville la tournait et retournait sur le gril, en admettant que votre M. Chabert existe, les tribunaux maintiendront mon second mariage à cause des enfants, et j'en serai quitte pour rendre deux cent vingt-cinq mille francs à M. Chabert.

– Madame, nous ne savons pas de quel coté les tribunaux verront la question sentimentale. Si, d'une part, nous avons une mère et ses enfants, nous avons de l'autre un homme accablé de malheurs, vieilli par vous, par vos refus. Où trouvera-t-il une femme ? Puis, les juges peuvent-ils heurter la loi ? Votre mariage avec le colonel a pour lui le droit, la priorité. Mais si vous êtes représentée sous d'odieuses couleurs, vous pourriez avoir un adversaire auquel vous ne vous attendez pas. Là, Madame, est ce danger dont je voudrais vous préserver.

– Un nouvel adversaire ! dit-elle, qui ?

– M. le comte Ferraud, Madame.

– M. Ferraud a pour moi un trop vif attachement, et, pour la mère de ses enfants, un trop grand respect...

– Ne parlez pas de ces niaiseries-là, dit Derville en l'interrompant, à des avoués habitués à lire au fond des cœurs. En ce moment M. Ferraud n'a pas la moindre envie de rompre votre mariage et je suis persuadé qu'il vous adore ; mais si quelqu'un venait lui dire que son mariage peut être annulé, que sa femme sera traduite en criminelle au ban de l'opinion publique...

– Il me défendrait ! Monsieur.

– Non, Madame.

– Quelle raison aurait-il de m'abandonner, Monsieur ?

– Mais celle d'épouser la fille unique d'un pair de France, dont la pairie lui serait transmise par ordonnance du Roi. »

La comtesse pâlit.

« Nous y sommes ! se dit en lui-même Delville. Bien, je te tiens, l'affaire du pauvre colonel est gagnée. »

« D'ailleurs, Madame, reprit-il à haute voix, il aurait d'autant moins de remords, qu'un homme couvert de gloire, général, comte, grand-officier de la Légion d'honneur, ne serait pas un pis-aller[1] ; et si cet homme lui redemande sa femme...

– Assez ! assez ! Monsieur, dit-elle. Je n'aurai jamais que vous pour avoué. Que faire ?

– Transiger ! dit Derville.

– M'aime-t-il encore ? dit-elle.

– Mais je ne crois pas qu'il puisse en être autrement. »

À ce moment, la comtesse dressa la tête. Un éclair d'espérance brilla dans ses yeux ; elle comptait peut-être spéculer sur la tendresse de son premier mari pour gagner son procès par quelque ruse de femme.

« J'attendrai vos ordres, Madame, pour savoir s'il faut vous signifier nos actes, ou si vous voulez venir chez moi pour arrêter les bases d'une transaction », dit Derville en saluant la comtesse.

1. **Pis-aller** : personne, ou moyen, à qui l'on recourt, faute de mieux.

Huit jours après les deux visites que Derville avait faites, et par une belle matinée du mois de juin, les époux, désunis par un hasard presque surnaturel, partirent des deux points les plus opposés de Paris, pour venir se rencontrer dans l'étude de leur avoué commun. Les avances qui furent largement faites par Derville au colonel Chabert lui avaient permis d'être vêtu selon son rang. Le défunt arriva donc voituré dans un cabriolet[1] fort propre. Il avait la tête couverte d'une perruque appropriée à sa physionomie, il était habillé de drap bleu, avait du linge blanc, et portait sous son gilet le sautoir rouge des grands officiers de la Légion d'honneur. En reprenant les habitudes de l'aisance, il avait retrouvé son ancienne élégance martiale[2]. Il se tenait droit. Sa figure, grave et mystérieuse, où se peignaient le bonheur et toutes ses espérances, paraissait être rajeunie et plus grasse, pour emprunter à la peinture une de ses expressions les plus pittoresques[3]. Il ne ressemblait pas plus au Chabert en vieux carrick, qu'un gros sou ne ressemble à une pièce de quarante francs nouvellement frappée. À le voir, les passants eussent facilement reconnu en lui l'un de ces beaux débris de notre ancienne armée, un de ces hommes héroïques sur lesquels se reflète notre gloire nationale, et qui la représentent comme un éclat de glace illuminé par le soleil semble en réfléchir tous les rayons. Ces vieux soldats sont tout ensemble des tableaux et des livres. Quand le comte descendit de sa voiture pour monter chez Derville, il sauta légèrement comme aurait pu faire un jeune homme. À peine son cabriolet avait-il retourné, qu'un joli coupé[4] tout armorié[5]

1. **Cabriolet** : voiture légère à cheval et à deux roues.
2. **Martial** : militaire.
3. **Figure grasse** : il s'agit d'un visage plein, charnu.
4. **Coupé** : voiture à cheval à quatre roues, et à deux places.
5. **Armorié** : décoré d'armoiries, emblèmes d'une famille noble.

arriva. Mme la comtesse Ferraud en sortit dans une toilette simple, mais habilement calculée pour montrer la jeunesse de sa taille. Elle avait une jolie capote[1] doublée de rose qui encadrait parfaitement sa figure, en dissimulait les contours, et la ravivait. Si les clients s'étaient rajeunis, l'étude était restée semblable à elle-même, et offrait alors le tableau par la description duquel cette histoire a commencé. Simonnin déjeunait, l'épaule appuyée sur la fenêtre qui alors était ouverte ; et il regardait le bleu du ciel par l'ouverture de cette cour entourée de quatre corps de logis noirs.

« Ha ! s'écria le petit clerc, qui veut parier un spectacle que le colonel Chabert est général, et cordon rouge ?

– Le patron est un fameux sorcier ! dit Godeschal.

– Il n'y a donc pas de tour à lui jouer cette fois ? demanda Desroches.

– C'est sa femme qui s'en charge, la comtesse Ferraud ! dit Boucard.

– Allons, dit Godeschal, la comtesse Ferraud serait donc obligée d'être à deux...●

– La voilà ! » dit Simonnin.

En ce moment, le colonel entra et demanda Derville. « Il y est, Monsieur le comte, répondit Simonnin.

– Tu n'es donc pas sourd, petit drôle ? » dit Chabert en prenant le saute-ruisseau par l'oreille et la lui tortillant à la satisfaction des clercs, qui se mirent à rire et regardèrent le colonel avec la curieuse considération due à ce singulier personnage.

Le comte Chabert était chez Derville, au moment où sa femme entra par la porte de l'étude.

1. **Capote** : grand manteau à capuchon.

● **Le clerc n'achève pas sa phrase : il allait dire « à deux maris ».**

« Dites donc, Boucard, il va se passer une singulière scène dans le cabinet du patron ! Voilà une femme qui peut aller les jours pairs chez le comte Ferraud et les jours impairs chez le comte Chabert.

– Dans les années bissextiles, dit Godeschal, le compte y sera.

– Taisez-vous donc ! Messieurs, l'on peut entendre, dit sévèrement Boucard ; je n'ai jamais vu d'étude où l'on plaisantât, comme vous le faites, sur les clients. »

Derville avait consigné le colonel dans la chambre à coucher, quand la comtesse se présenta.

« Madame, lui dit-il, ne sachant pas s'il vous serait agréable de voir M. le comte Chabert, je vous ai séparés. Si cependant vous désiriez...

– Monsieur, c'est une attention dont je vous remercie.

– J'ai préparé la minute d'un acte dont les conditions pourront être discutées par vous et par M. Chabert, séance tenante[1]. J'irai alternativement de vous à lui, pour vous présenter, à l'un et à l'autre, vos raisons respectives.

– Voyons, Monsieur », dit la comtesse en laissant échapper un geste d'impatience.

Derville lut.

« Entre les soussignés,

« Monsieur Hyacinthe, dit Chabert, comte, maréchal de camp et grand-officier de la Légion d'honneur, demeurant à Paris, rue du Petit-Banquier, d'une part ;

« Et la dame Rose Chapotel, épouse de monsieur le comte Chabert, ci-dessus nommé, née...

– Passez, dit-elle, laissons les préambules, arrivons aux conditions.

1. **Séance tenante** : immédiatement.

– Madame, dit l'avoué, le préambule explique succinctement la position dans laquelle vous vous trouvez l'un et l'autre. Puis, par l'article premier, vous reconnaissez, en présence de trois témoins, qui sont deux notaires et le nourrisseur chez lequel a demeuré votre mari, auxquels j'ai confié sous le secret votre affaire, et qui garderont le plus profond silence ; vous reconnaissez, dis-je, que l'individu désigné dans les actes joints au sous-seing[1], mais dont l'état se trouve d'ailleurs établi par un acte de notoriété préparé chez Alexandre Crottat, votre notaire, est le comte Chabert, votre premier époux. Par l'article second, le comte Chabert, dans l'intérêt de votre bonheur, s'engage à ne faire usage de ses droits que dans les cas prévus par l'acte lui-même. Et ces cas, dit Derville en faisant une sorte de parenthèse, ne sont autres que la non-exécution des clauses de cette convention secrète. De son coté, reprit-il, M. Chabert consent à poursuivre de gré à gré[2] avec vous un jugement qui annulera son acte de décès et prononcera la dissolution de son mariage.

– Ça ne me convient pas du tout, dit la comtesse étonnée, je ne veux pas de procès. Vous savez pourquoi.

– Par l'article trois, dit l'avoué en continuant avec un flegme imperturbable, vous vous engagez à constituer au nom d'Hyacinthe, comte Chabert, une rente viagère de vingt-quatre mille francs, inscrite sur le grand-livre de la dette publique, mais dont le capital vous sera dévolu à sa mort...

– Mais c'est beaucoup trop cher, dit la comtesse.

– Pouvez-vous transiger à meilleur marché ?

– Peut-être.

– Que voulez-vous donc, Madame ?

– Je veux, je ne veux pas de procès, je veux...

1. **Sous-seing** : en droit, acte signé entre particuliers.
2. **De gré à gré** : à l'amiable.

– Qu'il reste mort, dit vivement Derville en l'interrompant.

– Monsieur, dit la comtesse, s'il faut vingt-quatre mille livres de rente, nous plaiderons...

– Oui, nous plaiderons », s'écria d'une voix sourde le colonel qui ouvrit la porte et apparut tout à coup devant sa femme, en tenant une main dans son gilet et l'autre étendue vers le parquet, geste auquel le souvenir de son aventure donnait une horrible énergie.

« C'est lui », se dit en elle-même la comtesse.

« Trop cher ! reprit le vieux soldat. Je vous ai donné près d'un million, et vous marchandez mon malheur. Hé bien, je vous veux maintenant, vous et votre fortune. Nous sommes communs en biens, notre mariage n'a pas cessé...

– Mais monsieur n'est pas le colonel Chabert, s'écria la comtesse en feignant la surprise.

– Ah ! dit le vieillard d'un ton profondément ironique, voulez-vous des preuves ? Je vous ai prise au Palais-Royal. »

La comtesse pâlit. En la voyant pâlir sous son rouge, le vieux soldat, touché de la vive souffrance qu'il imposait à une femme jadis aimée avec ardeur, s'arrêta ; mais il en reçut un regard si venimeux qu'il reprit tout à coup : « Vous étiez chez la...

– De grâce, Monsieur, dit la comtesse à l'avoué, trouvez bon que je quitte la place. Je ne suis pas venue ici pour entendre de semblables horreurs. »

Elle se leva et sortit. Derville s'élança dans l'étude. La comtesse avait trouvé des ailes et s'était comme envolée. En revenant dans son cabinet, l'avoué trouva le colonel dans un violent accès de rage, et se promenant à grands pas.

« Dans ce temps-là chacun prenait sa femme où il voulait, disait-il ; mais j'ai eu tort de la mal choisir, de me fier à des apparences. Elle n'a pas de cœur.

– Eh bien, colonel, n'avais-je pas raison en vous priant de ne pas venir? Je suis maintenant certain de votre identité. Quand vous vous êtes montré, la comtesse a fait un mouvement dont la pensée n'était pas équivoque. Mais vous avez perdu votre procès, votre femme sait que vous êtes méconnaissable !

– Je la tuerai...

– Folie ! vous serez pris et guillotiné comme un misérable. D'ailleurs peut-être manquerez-vous votre coup ! ce serait impardonnable, on ne doit jamais manquer sa femme quand on veut la tuer. Laissez-moi réparer vos sottises, grand enfant ! Allez-vous-en. Prenez garde à vous, elle serait capable de vous faire tomber dans quelque piège et de vous enfermer à Charenton. Je vais lui signifier nos actes afin de vous garantir de toute surprise. »

Le pauvre colonel obéit à son jeune bienfaiteur, et sortit en lui balbutiant des excuses. Il descendait lentement les marches de l'escalier noir, perdu dans des sombres pensées, accablé peut-être par le coup qu'il venait de recevoir, pour lui le plus cruel, le plus profondément enfoncé dans son cœur, lorsqu'il entendit, en parvenant au dernier palier, le frôlement d'une robe, et sa femme apparut.

« Venez, Monsieur », lui dit-elle en lui prenant le bras par un mouvement semblable à ceux qui lui étaient familiers autrefois.

L'action de la comtesse, l'accent de sa voix redevenue gracieuse, suffirent pour calmer la colère du colonel, qui se laissa mener jusqu'à la voiture.

« Eh bien, montez donc ! » lui dit la comtesse quand le valet eut achevé de déplier le marchepied.

Et il se trouva, comme par enchantement, assis près de sa femme dans le coupé.

« Où va madame ? demanda le valet.

– À Groslay », dit-elle.

Les chevaux partirent et traversèrent tout Paris.

« Monsieur ! » dit la comtesse au colonel d'un son de voix qui révélait une de ces émotions rares dans la vie, et par lesquelles tout en nous est agité.

En ces moments, cœur, fibres, nerfs, physionomie, âme et corps, tout, chaque pore même tressaille. La vie semble ne plus être en nous ; elle en sort et jaillit, elle se communique comme une contagion, se transmet par le regard, par l'accent de la voix, par le geste, en imposant notre vouloir aux autres. Le vieux soldat tressaillit en entendant ce seul mot, ce premier, ce terrible : « Monsieur ! » Mais aussi était-ce tout à la fois un reproche, une prière, un pardon, une espérance, un désespoir, une interrogation, une réponse. Ce mot comprenait tout. Il fallait être comédienne pour jeter tant d'éloquence, tant de sentiments dans un mot. Le vrai n'est pas si complet dans son expression, il ne met pas tout en dehors, il laisse voir tout ce qui est au-dedans. Le colonel eut mille remords de ses soupçons, de ses demandes, de sa colère, et baissa les yeux pour ne pas laisser deviner son trouble.

« Monsieur, reprit la comtesse après une pause imperceptible, je vous ai bien reconnu !

– Rosine, dit le vieux soldat, ce mot contient le seul baume[1] qui fit me faire oublier mes malheurs. »

Deux grosses larmes roulèrent toutes chaudes sur les mains de sa femme, qu'il pressa pour exprimer une tendresse paternelle.

« Monsieur, reprit-elle, comment n'avez-vous pas deviné qu'il me coûtait horriblement de paraître devant un étranger dans une position aussi fausse que l'est la mienne ! Si j'ai à rougir de ma situation, que ce ne soit au moins qu'en famille. Ce secret

1. **Baume** : pommade calmante.

ne devait-il pas rester enseveli dans nos cœurs ? Vous m'absoudrez, j'espère, de mon indifférence apparente pour les malheurs d'un Chabert à l'existence duquel je ne devais pas croire. J'ai reçu vos lettres, dit-elle vivement, en lisant sur les traits de son mari l'objection qui s'y exprimait, mais elles me parvinrent treize mois après la bataille d'Eylau ; elles étaient ouvertes, salies, l'écriture en était méconnaissable, et j'ai dû croire, après avoir obtenu la signature de Napoléon sur mon nouveau contrat de mariage, qu'un adroit intrigant voulait se jouer de moi. Pour ne pas troubler le repos de M. le comte Ferraud, et ne pas altérer les liens de la famille, j'ai donc dû prendre des précautions contre un faux Chabert. N'avais-je pas raison, dites ?

– Oui, tu as eu raison, c'est moi qui suis un sot, un animal, une bête, de n'avoir pas su mieux calculer les conséquences d'une situation semblable. Mais où allons-nous ? dit le colonel en se voyant à la barrière de La Chapelle.

– À ma campagne, près de Groslay, dans la vallée de Montmorency. Là, Monsieur, nous réfléchirons ensemble au parti que nous devons prendre. Je connais mes devoirs. Si je suis à vous en droit, je ne vous appartiens plus en fait. Pouvez-vous désirer que nous devenions la fable de tout Paris ? N'instruisons pas le public de cette situation qui pour moi présente un côté ridicule, et sachons garder notre dignité. Vous m'aimez encore, reprit-elle en jetant sur le colonel un regard triste et doux ; mais moi, n'ai-je pas été autorisée à former d'autres liens ? En cette singulière position, une voix secrète me dit d'espérer en votre bonté qui m'est si connue. Aurais-je donc tort en vous prenant pour seul et unique arbitre de mon sort ? Soyez juge et partie. Je me confie à la noblesse de votre caractère. Vous aurez la générosité de me pardonner les résultats de fautes innocentes. Je vous l'avouerai donc, j'aime M. Ferraud. Je me suis crue en droit de l'aimer. Je ne rougis pas de cet aveu devant vous ; s'il vous offense, il ne nous déshonore point. Je ne puis vous cacher les faits. Quand le hasard m'a laissée veuve, je n'étais pas mère. »

Le colonel fit un signe de main à sa femme, pour lui imposer silence, et ils restèrent sans proférer un seul mot pendant une demi-lieue. Chabert croyait voir les deux petits enfants devant lui.

« Rosine !

– Monsieur ?

– Les morts ont donc bien tort de revenir ?

– Oh ! Monsieur, non, non ! Ne me croyez pas ingrate. Seulement, vous trouvez une amante, une mère, là où vous aviez laissé une épouse. S'il n'est plus en mon pouvoir de vous aimer, je sais tout ce que je vous dois et puis vous offrir encore toutes les affections d'une fille.

– Rosine, reprit le vieillard d'une voix douce, je n'ai plus aucun ressentiment contre toi. Nous oublierons tout, ajouta-t-il avec un de ces sourires dont la grâce est toujours le reflet d'une belle âme. Je ne suis pas assez peu délicat pour exiger les semblants de l'amour chez une femme qui n'aime plus. »

La comtesse lui lança un regard empreint d'une telle reconnaissance, que le pauvre Chabert aurait voulu rentrer dans sa fosse d'Eylau. Certains hommes ont une âme assez forte pour de tels dévouements, dont la récompense se trouve pour eux dans la certitude d'avoir fait le bonheur d'une personne aimée.

« Mon ami, nous parlerons de tout ceci plus tard et à cœur reposé », dit la comtesse.

La conversation prit un autre cours, car il était impossible de la continuer longtemps sur ce sujet. Quoique les deux époux revinssent souvent à leur situation bizarre, soit par des allusions, soit sérieusement, ils firent un charmant voyage, se rappelant les événements de leur union passée et les choses de l'Empire. La comtesse sut imprimer un charme doux à ces souvenirs, et répandit dans la conversation une teinte de mélancolie nécessaire pour y maintenir la gravité. Elle faisait revivre l'amour sans exciter aucun désir, et laissait entrevoir à son premier époux toutes les richesses morales qu'elle avait acquises, en tâchant de l'accoutumer à l'idée de restreindre son bonheur aux seules jouissances que goûte un père près d'une fille chérie. Le colonel avait connu la comtesse de l'Empire, il revoyait une comtesse de la Restauration. Enfin les deux époux arrivèrent par un chemin de traverse à un grand parc situé dans la petite vallée qui sépare les hauteurs de Margency du joli village de Groslay. La comtesse possédait là une délicieuse maison où le colonel vit, en arrivant, tous les apprêts que nécessitaient son séjour et celui de sa femme. Le malheur est une espèce de talisman dont la vertu consiste à corroborer[1] notre constitution primitive : il augmente la défiance et la méchanceté chez certains hommes, comme il accroît la bonté de ceux qui ont un cœur excellent. L'infortune avait rendu le colonel encore plus secourable et meilleur qu'il ne l'avait été, il pouvait donc s'initier au secret des souffrances féminines qui sont inconnues à la plupart des hommes. Néanmoins, malgré son peu de défiance, il ne put s'empêcher de dire à sa femme : « Vous étiez donc bien sûre de m'emmener ici ?

– Oui, répondit-elle, si je trouvais le colonel Chabert dans le plaideur. »

L'air de vérité qu'elle sut mettre dans cette réponse dissipa les légers soupçons que le colonel eut honte d'avoir conçus. Pendant trois jours la comtesse fut admirable près de son premier

1. **Corroborer** : renforcer.

mari. Par de tendres soins et par sa constante douceur elle semblait vouloir effacer le souvenir des souffrances qu'il avait endurées, se faire pardonner les malheurs que, suivant ses aveux, elle avait innocemment causés ; elle se plaisait à déployer pour lui, tout en lui faisant apercevoir une sorte de mélancolie, les charmes auxquels elle le savait faible ; car nous sommes plus particulièrement accessibles à certaines façons, à des grâces de cœur ou d'esprit auxquelles nous ne résistons pas ; elle voulait l'intéresser à sa situation, et l'attendrir assez pour s'emparer de son esprit et disposer souverainement de lui. Décidée à tout pour arriver à ses fins, elle ne savait pas encore ce qu'elle devait faire de cet homme, mais certes elle voulait l'anéantir socialement. Le soir du troisième jour elle sentit que, malgré ses efforts, elle ne pouvait cacher les inquiétudes que lui causait le résultat de ses manœuvres. Pour se trouver un moment à l'aise, elle monta chez elle, s'assit à son secrétaire, déposa le masque de tranquillité qu'elle conservait devant le comte Chabert, comme une actrice qui, rentrant fatiguée dans sa loge après un cinquième acte pénible, tombe demi-morte et laisse dans la salle une image d'elle-même à laquelle elle ne ressemble plus. Elle se mit à finir une lettre commencée qu'elle écrivait à Delbecq, à qui elle disait d'aller, en son nom, demander chez Derville communication des actes qui concernaient le colonel Chabert, de les copier et de venir aussitôt la trouver à Groslay. À peine avait-elle achevé, qu'elle entendit dans le corridor le bruit des pas du colonel, qui, tout inquiet, venait la retrouver.

« Hélas ! dit-elle à haute voix, je voudrais être morte ! Ma situation est intolérable...

– Eh ! bien, qu'avez-vous donc? demanda le bonhomme.

– Rien, rien », dit-elle.

Elle se leva, laissa le colonel et descendit pour parler sans témoin à sa femme de chambre, qu'elle fit partir pour Paris, en lui recommandant de remettre elle-même à Delbecq la lettre qu'elle venait d'écrire, et de la lui rapporter aussitôt qu'il l'aurait lue. Puis la comtesse alla s'asseoir sur un banc où elle était assez en vue pour que le colonel vînt l'y trouver aussitôt qu'il le voudrait. Le colonel, qui déjà cherchait sa femme, accourut et s'assit près d'elle.

« Rosine, lui dit-il, qu'avez-vous ? »

Gravure de Boisson et Delort pour Le Colonel Chabert *(édition de 1886), Paris, Musée Honoré de Balzac.*

Elle ne répondit pas. La soirée était une de ces soirées magnifiques et calmes dont les secrètes harmonies répandent, au mois de juin, tant de suavité dans les couchers du soleil. L'air était pur et le silence profond, en sorte que l'on pouvait entendre dans le lointain du parc les voix de quelques enfants qui ajoutaient une sorte de mélodie aux sublimités du paysage.

« Vous ne me répondez pas ? demanda le colonel à sa femme.

– Mon mari », dit la comtesse, qui s'arrêta, fit un mouvement, et s'interrompit pour lui demander en rougissant : « Comment dirai-je en parlant de M. le comte Ferraud ?

– Nomme-le ton mari, ma pauvre enfant, répondit le colonel avec un accent de bonté, n'est-ce pas le père de tes enfants ?

– Eh bien, reprit-elle, si monsieur me demande ce que je suis venue faire ici, s'il apprend que je m'y suis enfermée avec un inconnu, que lui dirai-je ? Écoutez, Monsieur, reprit-elle en prenant une attitude pleine de dignité, décidez de mon sort, je suis résignée à tout...

– Ma chère, dit le colonel en s'emparant des mains de sa femme, j'ai résolu de me sacrifier entièrement à votre bonheur...

– Cela est impossible, s'écria-t-elle en laissant échapper un mouvement convulsif[1]. Songez donc que vous devriez alors renoncer à vous-même et d'une manière authentique...

– Comment, dit le colonel, ma parole ne vous suffit pas ? »

Le mot *authentique* tomba sur le cœur du vieillard et y réveilla des défiances involontaires. Il jeta sur sa femme un regard qui la fit rougir, elle baissa les yeux, et il eut peur de se trouver obligé de la mépriser. La comtesse craignait d'avoir effarouché la sauvage pudeur, la probité sévère d'un homme dont le caractère

1. **Convulsif** : saccadé, dans un sursaut.

généreux, les vertus primitives lui étaient connus. Quoique ces idées eussent répandu quelques nuages sur leurs fronts, la bonne harmonie se rétablit aussitôt entre eux. Voici comment. Un cri d'enfant retentit au loin.

« Jules, laissez votre sœur tranquille, s'écria la comtesse.

– Quoi ! vos enfants sont ici ? dit le colonel.

– Oui, mais je leur ai défendu de vous importuner. »

Le vieux soldat comprit la délicatesse, le tact de femme renfermé dans ce procédé si gracieux, et prit la main de la comtesse pour la baiser.

« Qu'ils viennent donc », dit-il.

La petite fille accourait pour se plaindre de son frère. « Maman !

– Maman !

– C'est lui qui...

– C'est elle ! »

Les mains étaient étendues vers la mère, et les deux voix enfantines se mêlaient. Ce fut un tableau soudain et délicieux !

« Pauvres enfants ! s'écria la comtesse en ne retenant plus ses larmes, il faudra les quitter ; à qui le jugement les donnera-t-il ? On ne partage pas un cœur de mère, je les veux, moi !

– Est-ce vous qui faites pleurer maman? dit Jules en jetant un regard de colère au colonel.

– Taisez-vous, Jules », s'écria la mère d'un air impérieux[1].

Les deux enfants restèrent debout et silencieux, examinant leur mère et l'étranger avec une curiosité qu'il est impossible d'exprimer par des paroles.

« Oh ! oui, reprit-elle, si l'on me sépare du comte, qu'on me laisse les enfants, et je serai soumise à tout. »

1. **Impérieux** : qui commande, autoritaire.

Ce fut un mot décisif qui obtint tout le succès qu'elle en avait espéré.

« Oui, s'écria le colonel comme s'il achevait une phrase mentalement commencée, je dois rentrer sous terre. Je me le suis déjà dit.

– Puis-je accepter un tel sacrifice? répondit la comtesse. Si quelques hommes sont morts pour sauver l'honneur de leur maîtresse, ils n'ont donné leur vie qu'une fois. Mais ici vous donneriez votre vie tous les jours ! Non, non, cela est impossible. S'il ne s'agissait que de votre existence, ce ne serait rien ; mais signer que vous n'êtes pas le colonel Chabert, reconnaître que vous êtes un imposteur, donner votre honneur, commettre un mensonge à toute heure du jour, le dévouement humain ne saurait aller jusque-là. Songez donc ! Non. Sans mes pauvres enfants, je me serais déjà enfuie avec vous au bout du monde...

– Mais, reprit Chabert, est-ce que je ne puis pas vivre ici, dans votre petit pavillon, comme un de vos parents ? Je suis usé comme un canon de rebut[1], il ne me faut qu'un peu de tabac et *Le Constitutionnel.* »

La comtesse fondit en larmes. Il y eut entre la comtesse Ferraud et le colonel Chabert un combat de générosité d'où le soldat sortit vainqueur. Un soir, en voyant cette mère au milieu de ses enfants, le soldat fut séduit par les touchantes grâces d'un tableau de famille, à la campagne, dans l'ombre et le silence ; il prit la résolution de rester mort, et, ne s'effrayant plus de l'authenticité d'un acte, il demanda comment il fallait s'y prendre pour assurer irrévocablement le bonheur de cette famille.

« Faites comme vous voudrez ! lui répondit la comtesse, je vous déclare que je ne me mêlerai en rien de cette affaire. Je ne le dois pas. »

1. **De rebut** : de très mauvaise qualité, bon à jeter.

Delbecq était arrivé depuis quelques jours, et, suivant les instructions verbales de la comtesse, l'intendant avait su gagner la confiance du vieux militaire. Le lendemain matin donc, le colonel Chabert partit avec l'ancien avoué pour Saint-Leu-Taverny, où Delbecq avait fait préparer chez le notaire un acte conçu en termes si crus[1] que le colonel sortit brusquement de l'étude après en avoir entendu la lecture.

« Mille tonnerres ! je serais un joli coco ! Mais je passerais pour un faussaire •, s'écria-t-il.

– Monsieur, lui dit Delbecq, je ne vous conseille pas de signer trop vite. À votre place je tirerais au moins trente mille livres de rente de ce procès-là, car madame les donnerait. »

Après avoir foudroyé ce coquin émérite[2] par le lumineux regard de l'honnête homme indigné, le colonel s'enfuit emporté par mille sentiments contraires. Il redevint défiant, s'indigna, se calma tour à tour. Enfin il entra dans le parc de Groslay par la brèche d'un mur, et vint à pas lents se reposer et réfléchir à son aise dans un cabinet pratiqué sous un kiosque d'où l'on découvrait le chemin de Saint-Leu. L'allée étant sablée avec cette espèce de terre jaunâtre par laquelle on remplace le gravier de rivière, la comtesse, qui était assise dans le petit salon de cette espèce de pavillon, n'entendit pas le colonel, car elle était trop préoccupée du succès de son affaire pour prêter la moindre attention au léger bruit que fit son mari. Le vieux soldat n'aperçut pas non plus sa femme au-dessus de lui dans le petit pavillon.

1. **Cru** : direct, brutal.
2. **Émérite** : qui, par une longue pratique, est devenu très habile.

• **Ici, le colonel veut dire que s'il acceptait la proposition, il toucherait une jolie somme, mais qu'on croira alors qu'il mentait lorsqu'il prétendait être le colonel Chabert.**

« Hé bien, Monsieur Delbecq, a-t-il signé ? demanda la comtesse à son intendant qu'elle vit seul sur le chemin par-dessus la haie d'un saut-de-loup[1].

– Non, Madame. Je ne sais même pas ce que notre homme est devenu. Le vieux cheval s'est cabré.

– Il faudra donc finir par le mettre à Charenton, dit-elle, puisque nous le tenons. »

Le colonel, qui retrouva l'élasticité de la jeunesse pour franchir le saut-de-loup, fut en un clin d'œil devant l'intendant, auquel il appliqua la plus belle paire de soufflets[2] qui jamais ait été reçue sur deux joues de procureur.

« Ajoute que les vieux chevaux savent ruer », lui dit-il.

Cette colère dissipée, le colonel ne se sentit plus la force de sauter le fossé. La vérité s'était montrée dans sa nudité. Le mot de la comtesse et la réponse de Delbecq avaient dévoilé le complot dont il allait être la victime. Les soins qui lui avaient été prodigués étaient une amorce pour le prendre dans un piège. Ce mot fut comme une goutte de quelque poison subtil qui détermina chez le vieux soldat le retour de ses douleurs et physiques et morales. Il revint vers le kiosque par la porte du parc, en marchant lentement, comme un homme affaissé. Donc, ni paix ni trêve pour lui ! Dès ce moment il fallait commencer avec cette femme la guerre odieuse dont lui avait parlé Derville, entrer dans une vie de procès, se nourrir de fiel[3], boire chaque matin un calice[4] d'amertume. Puis, pensée affreuse, où trouver l'argent nécessaire pour payer les frais des premières instances ? Il lui prit un si grand dégoût de la vie, que s'il y avait eu de l'eau près de lui

1. **Saut-de-loup** : large fossé.
2. **Soufflet** : gifle.
3. **Fiel** : amertume, haine.
4. **Calice** : vase sacré.

il s'y serait jeté, que s'il avait eu des pistolets il se serait brûlé la cervelle. Puis il retomba dans l'incertitude d'idées, qui, depuis sa conversation avec Derville chez le nourrisseur, avait changé son moral. Enfin, arrivé devant le kiosque, il monta dans le cabinet aérien dont les rosaces de verre offraient la vue de chacune des ravissantes perspectives de la vallée, et où il trouva sa femme assise sur une chaise. La comtesse examinait le paysage et gardait une contenance pleine de calme en montrant cette impénétrable physionomie que savent prendre les femmes déterminées à tout. Elle s'essuya les yeux comme si elle eût versé des pleurs, et joua par un geste distrait avec le long ruban rose de sa ceinture. Néanmoins, malgré son assurance apparente, elle ne put s'empêcher de frissonner en voyant devant elle son vénérable bienfaiteur, debout, les bras croisés, la figure pâle, le front sévère.

« Madame, dit-il après l'avoir regardée fixement pendant un moment et l'avoir forcée à rougir, Madame, je ne vous maudis pas, je vous méprise. Maintenant, je remercie le hasard qui nous a désunis. Je ne sens même pas un désir de vengeance, je ne vous aime plus. Je ne veux rien de vous. Vivez tranquille sur la foi de ma parole, elle vaut mieux que les griffonnages de tous les notaires de Paris. Je ne réclamerai jamais le nom que j'ai peut-être illustré. Je ne suis plus qu'un pauvre diable nommé Hyacinthe, qui ne demande que sa place au soleil. Adieu. »

La comtesse se jeta aux pieds du colonel, et voulut le retenir en lui prenant les mains ; mais il la repoussa avec dégoût, en lui disant : « Ne me touchez pas. »

La comtesse fit un geste intraduisible lorsqu'elle entendit le bruit des pas de son mari. Puis, avec la profonde perspicacité que donne une haute scélératesse[1] ou le féroce égoïsme

1. **Scélératesse** : méchanceté, perfidie.

du monde, elle crut pouvoir vivre en paix sur la promesse et le mépris de ce loyal soldat.

Chabert disparut en effet. Le nourrisseur fit faillite et devint cocher de cabriolet. Peut-être le colonel s'adonna-t-il d'abord à quelque industrie du même genre. Peut-être, semblable à une pierre lancée dans un gouffre, alla-t-il, de cascade en cascade, s'abîmer dans cette boue de haillons[1] qui foisonne à travers les rues de Paris.

Six mois après cet événement, Derville, qui n'entendait plus parler ni du colonel Chabert ni de la comtesse Ferraud, pensa qu'il était survenu sans doute entre eux une transaction, que, par vengeance, la comtesse avait fait dresser dans une autre étude. Alors, un matin, il supputa[2] les sommes avancées audit Chabert, y ajouta les frais, et pria la comtesse Ferraud de réclamer à M. le comte Chabert le montant de ce mémoire, en présumant qu'elle savait où se trouvait son premier mari.

Le lendemain même l'intendant du comte Ferraud, récemment nommé président du tribunal de première instance dans une ville importante, écrivit à Derville ce mot désolant :

« Monsieur, Mme la comtesse Ferraud me charge de vous prévenir que votre client avait complètement abusé de votre confiance, et que l'individu qui disait être le comte Chabert a reconnu avoir indûment[3] pris de fausses qualités.

Agréez, etc.

« DELBECQ. »

« On rencontre des gens qui sont aussi, ma parole d'honneur, pas trop bêtes. Ils ont volé le baptême, s'écria Derville. Soyez

1. **Haillon** : vieux lambeau de tissu servant de vêtement.
2. **Supputer** : évaluer, calculer.
3. **Indûment** : illégitimement, injustement.

donc humain, généreux, philanthrope et avoué, vous vous faites enfoncer ! Voilà une affaire qui me coûte plus de deux billets de mille francs. »

Quelque temps après la réception de cette lettre, Derville cherchait au Palais un avocat auquel il voulait parler, et qui plaidait à la Police correctionnelle. Le hasard voulut que Derville entrât à la Sixième Chambre au moment où le président condamnait comme vagabond le nommé Hyacinthe à deux mois de prison, et ordonnait qu'il fût ensuite conduit au dépôt de mendicité de Saint-Denis, sentence qui, d'après la jurisprudence des préfets de police, équivaut à une détention perpétuelle. Au nom d'Hyacinthe, Derville regarda le délinquant assis entre deux gendarmes sur le banc des prévenus et reconnut, dans la personne du condamné, son faux colonel Chabert. Le vieux soldat était calme, immobile, presque distrait. Malgré ses haillons, malgré la misère empreinte sur sa physionomie, elle déposait d'une noble fierté. Son regard avait une expression de stoïcisme[1] qu'un magistrat n'aurait pas dû méconnaître ; mais, dès qu'un homme tombe entre les mains de la justice, il n'est plus qu'un être moral, une question de Droit ou de Fait, comme aux yeux des statisticiens il devient un chiffre. Quand le soldat fut reconduit au Greffe pour être emmené plus tard avec la fournée de vagabonds que l'on jugeait en ce moment, Derville usa du droit qu'ont les avoués d'entrer partout au Palais, l'accompagna au Greffe et l'y contempla pendant quelques instants, ainsi que les curieux mendiants parmi lesquels il se trouvait. L'antichambre du Greffe offrait alors un de ces spectacles

1. **Stoïcisme** : courage pour supporter le malheur, avec les apparences de l'indifférence.

que malheureusement ni les législateurs, ni les philanthropes, ni les peintres, ni les écrivains ne viennent étudier. Comme tous les laboratoires de la chicane[1], cette antichambre est une pièce obscure et puante, dont les murs sont garnis d'une banquette en bois noirci par le séjour perpétuel des malheureux qui viennent à ce rendez-vous de toutes les misères sociales, et auquel pas un d'eux ne manque. Un poète dirait que le jour a honte d'éclairer ce terrible égout par lequel passent tant d'infortunes ! Il n'est pas une seule place où ne se soit assis quelque crime en germe ou consommé ; pas un seul endroit où ne se soit rencontré quelque homme qui, désespéré par la légère flétrissure[2] que la justice avait imprimée à sa première faute, n'ait commencé une existence au bout de laquelle devait se dresser la guillotine, ou détoner le pistolet du suicide. Tous ceux qui tombent sur le pavé de Paris rebondissent contre ces murailles jaunâtres, sur lesquelles un philanthrope qui ne serait pas un spéculateur pourrait déchiffrer la justification des nombreux suicides dont se plaignent des écrivains hypocrites, incapables de faire un pas pour les prévenir, et qui se trouve écrite dans cette antichambre, espèce de préface pour les drames de la Morgue ou pour ceux de la place de Grève. En ce moment le colonel Chabert s'assit au milieu de ces hommes à faces énergiques, vêtus des horribles livrées[3] de la misère, silencieux par intervalles, ou causant à voix basse, car trois gendarmes de faction se promenaient en faisant retentir leurs sabres sur le plancher.

1. **Chicane** : incident qu'on suscite dans un procès pour embrouiller l'affaire.
2. **Flétrissure** : marque au fer rouge ; atteinte à l'honneur, à la réputation.
3. **Livrées** : vêtements relatifs à une certaine condition ou fonction.

« Me reconnaissez-vous ? dit Derville au vieux soldat en se plaçant devant lui.

– Oui, Monsieur, répondit Chabert en se levant.

– Si vous êtes un honnête homme, reprit Derville à voix basse, comment avez-vous pu rester mon débiteur[1] ? »

Le vieux soldat rougit comme aurait pu le faire une jeune fille accusée par sa mère d'un amour clandestin.

« Quoi ! Mme Ferraud ne vous a pas payé ? s'écria-t-il à haute voix.

– Payé ! dit Derville. Elle m'a écrit que vous étiez un intrigant. »

Le colonel leva les yeux par un sublime mouvement d'horreur et d'imprécation[2], comme pour en appeler au ciel de cette tromperie nouvelle.

« Monsieur, dit-il d'une voix calme à force d'altération[3], obtenez des gendarmes la faveur de me laisser entrer au Greffe, je vais vous signer un mandat qui sera certainement acquitté. »

Sur un mot dit par Derville au brigadier, il lui fut permis d'emmener son client dans le Greffe, où Hyacinthe écrivit quelques lignes adressées à la comtesse Ferraud.

« Envoyez cela chez elle, dit le soldat, et vous serez remboursé de vos frais et de vos avances. Croyez, Monsieur, que si je ne vous ai pas témoigné la reconnaissance que je vous dois pour vos bons offices, elle n'en est pas moins là, dit-il en se mettant la main sur le cœur. Oui, elle est là, pleine et entière. Mais que peuvent les malheureux ? Ils aiment, voilà tout.

– Comment, lui dit Derville, n'avez-vous pas stipulé pour vous quelque rente ?

1. **Débiteur** : personne qui doit quelque chose à quelqu'un.
2. **Imprécation** : souhait de malheur contre quelqu'un.
3. **Altération** : détérioration.

– Ne me parlez pas de cela ! répondit le vieux militaire. Vous ne pouvez pas savoir jusqu'où va mon mépris pour cette vie extérieure à laquelle tiennent la plupart des hommes. J'ai subitement été pris d'une maladie, le dégoût de l'humanité. Quand je pense que Napoléon est à Sainte Hélène, tout ici-bas m'est indifférent. Je ne puis plus être soldat, voilà tout mon malheur. Enfin, ajouta-t-il en faisant un geste plein d'enfantillage, il vaut mieux avoir du luxe dans ses sentiments que sur ses habits. Je ne crains, moi, le mépris de personne. »

Et le colonel alla se remettre sur son banc. Derville sortit. Quand il revint à son étude, il envoya Godeschal, alors son second clerc, chez la comtesse Ferraud, qui, à la lecture du billet, fit immédiatement payer la somme due à l'avoué du comte Chabert.

En 1840, vers la fin du mois de juin, Godeschal, alors avoué, allait à Ris[1], en compagnie de Derville son prédécesseur. Lorsqu'ils parvinrent à l'avenue qui conduit de la grande route à Bicêtre, ils aperçurent sous un des ormes du chemin un de ces vieux pauvres chenus[2] et cassés qui ont obtenu le bâton de maréchal des mendiants en vivant à Bicêtre comme les femmes indigentes vivent à la Salpêtrière. Cet homme, l'un des deux mille malheureux logés dans l'*Hospice de la Vieillesse*, était assis sur une borne et paraissait concentrer toute son intelligence dans une opération bien connue des invalides, et qui consiste à

1. **Ris** : près de Corbeil, au sud de Paris.
2. **Chenu** : aux cheveux blanchis de vieillesse.

Bicêtre est un hospice pour les hommes, et la Salpêtrière, un hospice pour les femmes. Ces établissements, comme les dépôts de mendicité, faisaient se côtoyer des personnes sans ressources, des vieillards, des infirmes, des malades incurables, des criminels et des aliénés.

faire sécher au soleil le tabac de leurs mouchoirs, pour éviter de les blanchir, peut-être. Ce vieillard avait une physionomie attachante. Il était vêtu de cette robe de drap rougeâtre que l'Hospice accorde à ses hôtes, espèce de livrée horrible.

« Tenez, Derville, dit Godeschal à son compagnon de voyage, voyez donc ce vieux. Ne ressemble-t-il pas à ces grotesques qui nous viennent d'Allemagne ? Et cela vit, et cela est heureux peut-être ! »

Derville prit son lorgnon[1], regarda le pauvre, laissa échapper un mouvement de surprise et dit : « Ce vieux-là, mon cher, est tout un poème, ou, comme disent les romantiques, un drame. As-tu rencontré quelquefois la comtesse Ferraud ?

– Oui, c'est une femme d'esprit et très agréable ; mais un peu trop dévote, dit Godeschal.

– Ce vieux bicêtrien est son mari légitime, le comte Chabert, l'ancien colonel, elle l'aura sans doute fait placer là. S'il est dans cet hospice au lieu d'habiter un hôtel, c'est uniquement pour avoir rappelé à la jolie comtesse Ferraud qu'il l'avait prise, comme un fiacre[2], sur la place. Je me souviens encore du regard de tigre qu'elle lui jeta dans ce moment-là. »

Ce début ayant excité la curiosité de Godeschal, Derville lui raconta l'histoire qui précède. Deux jours après, le lundi matin, en revenant à Paris, les deux amis jetèrent un coup d'œil sur Bicêtre, et Derville proposa d'aller voir le colonel Chabert. À moitié chemin de l'avenue, les deux amis trouvèrent assis sur la souche d'un arbre abattu le vieillard qui tenait à la main un bâton et s'amusait à tracer des raies sur le sable. En le regardant

1. **Lorgnon** : lunette sans branches, tenue à la main.
2. **Fiacre** : voiture à cheval de location.

attentivement, ils s'aperçurent qu'il venait de déjeuner autre part qu'à l'établissement●.

« Bonjour, colonel Chabert, lui dit Derville.

– Pas Chabert ! pas Chabert ! Je me nomme Hyacinthe, répondit le vieillard. Je ne suis plus un homme, je suis le numéro 164, septième salle », ajouta-t-il en regardant Derville avec une anxiété peureuse, avec une crainte de vieillard et d'enfant. « Vous allez voir le condamné à mort ? dit-il après un moment de silence. Il n'est pas marié, lui ! Il est bien heureux.

– Pauvre homme, dit Godeschal. Voulez-vous de l'argent pour acheter du tabac ? »

Avec toute la naïveté d'un gamin de Paris, le colonel tendit avidement la main à chacun des deux inconnus qui lui donnèrent une pièce de vingt francs ; il les remercia par un regard stupide, en disant : « Braves troupiers ! » Il se mit au port d'armes, feignit de les coucher en joue, et s'écria en souriant : « Feu des deux pièces ! vive Napoléon ! » Et il décrivit en l'air avec sa canne une arabesque[1] imaginaire.

« Le genre de sa blessure l'aura fait tomber en enfance[2], dit Derville.

– Lui en enfance ! s'écria un vieux bicêtrien qui les regardait. Ah ! il y a des jours où il ne faut pas lui marcher sur le pied. C'est un vieux malin plein de philosophie et d'imagination. Mais aujourd'hui, que voulez-vous ? il a fait le lundi. Monsieur, en 1820 il était déjà ici. Pour lors, un officier prussien, dont la

1. **Arabesque** : ligne courbe de forme élégante.
2. **Être tombé en enfance** : expression qui désigne la sénilité, régression qui atteint certaines personnes âgées.

● **Les deux avoués s'aperçoivent qu'il est ivre. Plus bas, Chabert a « fait le lundi », c'est-à-dire qu'il s'est enivré comme les ouvriers qui ne travaillent pas le lundi.**

Gravure de F. Hertenberger (1882-1970) pour Le Colonel Chabert*,*
Paris, Musée Honoré de Balzac.

calèche montait la côte de Villejuif, vint à passer à pied. Nous étions, nous deux Hyacinthe et moi, sur le bord de la route. Cet officier causait en marchant avec un autre, avec un Russe, ou quelque animal de la même espèce, lorsqu'en voyant l'ancien, le Prussien, histoire de blaguer, lui dit : "Voilà un vieux voltigeur[1] qui devait être à Rosbach. – J'étais trop jeune pour y être, lui répondit-il, mais j'ai été assez vieux pour me trouver à Iéna●.» Pour lors le Prussien a filé, sans faire d'autres questions.

– Quelle destinée ! s'écria Derville. Sorti de l'hospice des *Enfants trouvés,* il revient mourir à l'hospice de la *Vieillesse,* après avoir, dans l'intervalle, aidé Napoléon à conquérir l'Égypte et l'Europe. Savez-vous, mon cher, reprit Derville après une pause, qu'il existe dans notre société trois hommes, le Prêtre, le Médecin et l'Homme de justice, qui ne peuvent pas estimer le monde ? Ils ont des robes noires, peut-être parce qu'ils portent le deuil de toutes les vertus, de toutes les illusions. Le plus malheureux des trois est l'avoué. Quand l'homme vient trouver le prêtre, il arrive poussé par le repentir, par le remords, par des croyances qui le rendent intéressant, qui le grandissent, et consolent l'âme du médiateur, dont la tâche ne va pas sans une sorte de jouissance : il purifie, il répare, et réconcilie. Mais, nous autres avoués, nous voyons se répéter les mêmes sentiments mauvais, rien ne les corrige, nos études sont des égouts qu'on ne peut pas curer. Combien de choses n'ai-je pas apprises en exerçant ma charge ! J'ai vu mourir un père dans un grenier,

1. **Voltigeur** : soldat à pied d'élite, très mobile.

● **Les Prussiens de Frédéric II vainquirent les Français à Rossbach (1757) lors de la guerre de Sept ans. Mais à Iéna (1806), la Grande Armée de Napoléon mit les Prussiens en déroute.**

sans sou ni maille, abandonné par deux filles auxquelles il avait donné quarante mille livres de rente[•] ! J'ai vu brûler des testaments ; j'ai vu des mères dépouillant leurs enfants, des maris volant leurs femmes, des femmes tuant leurs maris en se servant de l'amour qu'elles leur inspiraient pour les rendre fous ou imbéciles, afin de vivre en paix avec un amant. J'ai vu des femmes donnant à l'enfant d'un premier lit des goûts qui devaient amener sa mort, afin d'enrichir l'enfant de l'amour. Je ne puis vous dire tout ce que j'ai vu, car j'ai vu des crimes contre lesquels la justice est impuissante. Enfin, toutes les horreurs que les romanciers croient inventer sont toujours au-dessous de la vérité. Vous allez connaître ces jolies choses-là, vous ; moi, je vais vivre à la campagne avec ma femme, Paris me fait horreur.

– J'en ai déjà bien vu chez Desroches », répondit Godeschal.

Paris, février-mars 1832.

• Allusion au *Père Goriot*, roman d'Honoré de Balzac.

Waterloo, *gravure de A.-M. de Neuville pour* Les Misérables *de Victor Hugo (XIXe siècle), Paris, Musée Victor Hugo.*

Le Colonel Chabert

Un récit réaliste et historique

REPÈRES

PARCOURS DE L'ŒUVRE

TEXTES ET IMAGE

Qu'est-ce qu'un roman réaliste ?

Le roman devient au XIXe siècle un genre narratif privilégié. Il permet de développer une histoire élaborée mettant en scène des personnages plus vrais que nature. C'est le cas des romans réalistes qui créent des univers cohérents et des situations inspirées de la réalité.

● LES ORIGINES DU ROMAN

Le roman s'inspire de genres littéraires anciens (épopée*, théâtre, poésie pastorale) dont il reprend les thèmes : le héros et ses épreuves, l'aventure, l'amour. Le roman grec (Ier siècle avant J.-C.) se caractérise par l'enchaînement de nombreuses péripéties, centré sur des personnages aux actions et aux sentiments vraisemblables.
Au XIIe siècle, le mot « roman » désigne d'abord l'ancien français, la langue dans laquelle on commence à rédiger les textes, jusque-là écrits en latin. Avec Chrétien de Troyes, relatant les aventures des chevaliers de la Table Ronde, le roman se constitue en véritable genre. De structure narrative plus complexe que la chanson de geste, il s'intéresse à un héros unique confronté à des épreuves qui le font évoluer et constituent sa quête.

● LES POSSIBILITÉS DU GENRE

Le roman ne connaît pas les contraintes de la poésie ou du théâtre, soumis à des règles. Il alterne scènes de dialogue, passages narratifs et descriptifs. Sa longueur variable permet le déroulement d'une chronologie complexe qui peut être bouleversée par des *annonces* ou des *retours en arrière*. Il développe de nombreuses péripéties. Le fil conducteur est souvent constitué par l'action du personnage central dont on suit le destin tout au long de la lecture. L'auteur cherche à créer un effet de réel afin que l'on croie en l'« existence » des protagonistes.

Également appelées prolepses.*

Également appelés analepses.*

• LE ROMAN AU XIXe SIÈCLE : LE RÉALISME

Forme narrative privilégiée au XIXe siècle, le roman exploite deux genres différents : le fantastique* et le réalisme*. Certains auteurs s'essaient aux deux et y excellent, tel Maupassant. Le réalisme est un courant littéraire et artistique qui s'épanouit surtout dans la deuxième moitié du XIXe siècle : Balzac est considéré comme un précurseur. Le roman réaliste s'attache à créer une histoire plus que vraisemblable, à restituer le réel. L'action se déroule à l'époque même de l'auteur, les lieux sont *réels*, les personnages minutieusement décrits et dotés d'une psychologie complexe. Certains romans reflètent si bien les milieux sociaux et les préoccupations de leur temps qu'ils constituent des sources intéressantes sur l'histoire de la société, des mœurs et des mentalités.

Comme par exemple Paris, Groslay ou encore l'hospice de Charenton dans Le Colonel Chabert.

L'univers balzacien* : des milliers de personnages !

Balzac a écrit, se comparant à Napoléon Bonaparte : « Ce qu'il a entrepris par l'épée, je l'accomplirai par la plume. » Cette immense ambition s'est réalisée : Balzac a écrit une œuvre monumentale, La Comédie humaine. *Fruit d'un projet longuement mûri, bâtie tel un édifice, elle regroupe environ quatre-vingt dix récits. Balzac a créé un monde à part entière, plus vrai que le réel, et mis en scène quelque deux mille personnages !*

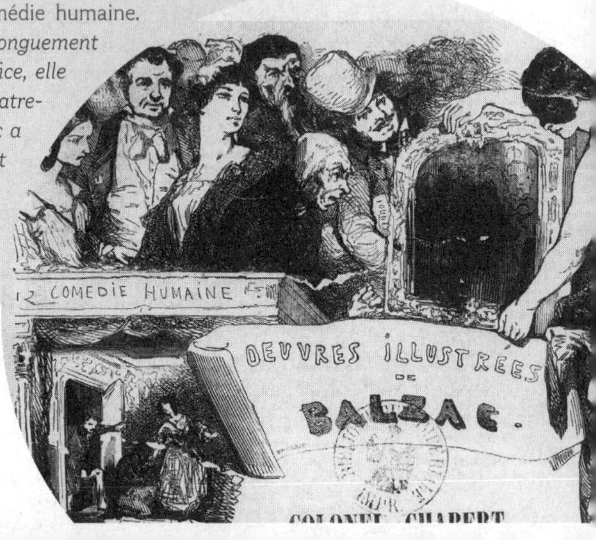

Le Colonel Chabert, *gravure extraite de* La Comédie humaine *(édition de 1874), Paris, BNF.*

Le Colonel Chabert : un roman historique ?

***Le Colonel Chabert** relate le destin d'un personnage fictif dont les actions et les propos sont créés de toutes pièces par Balzac. Cependant, les événements du récit s'inscrivent dans une époque bien précise, la **Restauration**, et font de Napoléon Bonaparte un personnage d'arrière-plan. Entre fiction et réalité, ce roman peut-il être considéré comme un roman historique ?*

• QU'EST-CE QU'UN ROMAN HISTORIQUE ?

Le roman historique est un genre à part entière qui mêle vérité historique et fiction. Le cadre spatio-temporel*, certains événements et personnages sont réels. L'auteur invente une partie des actions et imagine les sentiments et les paroles des personnages, historiques ou non. Ainsi, dès le XVIIe siècle, *La Princesse de Clèves* de Madame de La Fayette se déroule à la cour des Valois au XVIe siècle. Le genre prend son essor au XIXe siècle avec l'auteur britannique *Walter Scott*. Ses romans influencent Honoré de Balzac, Victor Hugo (qui écrit *Han d'Islande, Bug Jargal*) et Alexandre Dumas (*Les Trois Mousquetaires, La Reine Margot*).

Ivanhoé *qui met en scène un chevalier du Moyen Âge remporte un vif succès.*

• L'HISTOIRE DANS *LE COLONEL CHABERT*

L'action du *Colonel Chabert* se déroule dans la première partie du XIXe siècle. Dans le récit apparaissent des dates précises (1818, 1820, juin 1840), des régimes politiques (la Terreur, la Restauration), des noms de personnages historiques (Louis XVIII, Talleyrand). Les circonstances dans lesquelles le héros est laissé pour mort puis revient à la vie sont historiques : il s'agit de la bataille d'Eylau, remportée par Napoléon Bonaparte en 1807. Le colonel Chabert déclare avoir connu l'Empereur, qui aurait même déploré sa perte.

Des soldats du nom de Chabert ont sans doute existé comme le laisse penser la mention par Derville de plusieurs Chabert ayant servi dans la Grande Armée qui n'est sans doute pas de l'invention de l'auteur.

• *LE COLONEL CHABERT*, UN ROMAN BALZACIEN

Le récit est doté d'un cadre historique, mais le but de Balzac n'est pas de restituer l'Histoire. Il veut créer une représentation fidèle de la société de son temps, en explorer tous les aspects : social, économique, culturel. À la manière d'un naturaliste, il part d'une observation minutieuse de ses contemporains et des mécanismes des milieux dans lesquels ils évoluent. Ses récits exposent les faits sociaux, les drames humains, les crimes cachés dans toute la précision que nécessite son projet. Le réalisme des romans de Balzac ne veut pas seulement montrer le réel, mais l'expliquer. Il existe une grande cohérence entre les descriptions des lieux et le statut ou la profession de leurs occupants. De même, les portraits des personnages reflètent leur milieu social, leurs ambitions, leurs passions.

Il s'agit d'écrire à la fois «l'histoire et la critique de la société» (Avant-Propos à La Comédie humaine, *1842)*

Le roman balzacien, typique du XIXe siècle, dépasse ce cadre historique pour atteindre l'universel : sa peinture des hommes est de tous les siècles.

Paris dans la littérature du XIXe siècle

Les romans réalistes du XIXe siècle ont souvent pour thème les ambitions des jeunes gens de l'époque et leur tentative d'ascension sociale. À l'époque, nombre de jeunes provinciaux «montent» à Paris où ils pensent se faire une situation ou un nom. Tout semble possible à Paris, capitale extrêmement attrayante : elle représente la modernité, le raffinement culturel et intellectuel, par comparaison avec la province, souvent considérée comme ennuyeuse et archaïque. Paris devient en littérature la ville par excellence : ses quartiers, ses salons, ses boutiques sont le théâtre de l'intrigue, se révélant parfois être des lieux symboliques. Séduisante comme une femme, avide comme un monstre, Paris attire, offre ses richesses mais dévore aussi : elle est souvent la ville des désillusions où le héros ne rencontre que mépris, cynisme et hypocrisie.

Étape 1 • Découvrir le personnage éponyme

SUPPORT : la première entrevue de Chabert avec Derville (l. 378 à 631, p. 28 à 40).

OBJECTIF : lire le portrait du colonel Chabert et le récit qu'il fait de sa vie.

As-tu bien lu ?

1 Chabert rencontre Derville à l'étude :
☐ tôt le matin ☐ dans l'après-midi ☐ au milieu de la nuit

2 Où Chabert porte-t-il une cicatrice ?

3 Quelle est l'expression employée par Chabert pour désigner l'empereur Napoléon Bonaparte ?

4 Par qui Chabert a-t-il été recueilli ?

Une figure frappante

5 Relève la phrase qui introduit le portrait de Chabert. À travers le regard de quel personnage est-il décrit ?

6 Relève les adjectifs et les expressions qui qualifient les éléments du portrait du colonel Chabert et reporte-les dans le tableau.

Éléments du portrait	Adjectifs qualificatifs et expressions
« soldat »	
« front »	
« yeux »	
« visage »	
« cou »	
« crâne »	

7 Le narrateur compare Chabert à un « portrait de Rembrandt ». L'art de ce peintre se caractérise par un fort contraste entre l'ombre et la lumière. Relève dans le portrait les éléments d'un tel contraste.

8 Dans le portrait, relève les champs lexicaux de la souffrance morale et physique d'une part, et de la mort d'autre part.

Un récit incroyable... mais vrai

9 Retrouve l'ordre chronologique des étapes du récit de Chabert en numérotant les faits suivants.

- ☐ Chabert est recueilli par un couple de pauvres gens.
- ☐ Chabert est admis à l'hôpital d'Heilsberg.
- ☐ Chabert sort de terre grâce à un os.
- ☐ Chabert est jeté dans la fosse des soldats morts.
- ☐ Chabert est interné à Stuttgart.
- ☐ un ennemi assène à Chabert un coup de sabre sur le crâne.
- ☐ deux chirurgiens constatent sa mort.
- ☐ Chabert est piétiné.

10 Pour quelles raisons Chabert a failli se croire fou lui-même ?

11 Relève les phrases prononcées par Derville qui montrent son incrédulité devant un tel récit ? Pourquoi a-t-il du mal à croire le récit du colonel Chabert ?

La langue et le style

12 Chabert, à l'issue du portrait qui est fait de lui, est qualifié de « sublime horreur ». Cette expression constitue une figure de style appelée « oxymore* ». Expliques-en le principe en analysant l'exemple du texte.

13 Trouve des adjectifs qualificatifs qui comportent le suffixe *-âtre* et rédige une phrase dans laquelle tu emploieras l'un d'entre eux.

Faire le bilan

14 En t'appuyant sur tes réponses précédentes et en relevant certaines expressions précises du texte, montre que Chabert apparaît, dans son portrait puis son récit, comme un personnage de récit fantastique, un mort-vivant.

À toi de jouer

15 Un soldat français présent à Eylau a été témoin de la « résurrection » de Chabert sur le champ de bataille. Rédige le récit de ce témoin en t'inspirant de celui de Chabert et en insistant sur la peur que le soldat a ressentie.

Étape 2 • Analyser une description balzacienne

SUPPORT : la description du logis du nourrisseur, où demeure Chabert (l. 943 à 1 052, p. 53 à 57).

OBJECTIF : étudier la description du logis de Chabert et mettre en évidence son double aspect réaliste et symbolique.

As-tu bien lu ?

1 Pourquoi Derville se rend-il chez Louis Vergniaud ?

2 Quel moyen de transport utilise-t-il ?

3 Quel est le métier de Louis Vergniaud ?

☐ ferrailleur ☐ nourrisseur ☐ marchand ☐ rémouleur

4 Louis Vergniaud a-t-il toujours exercé cette profession ?

Une description réaliste

5 **a.** Relève les éléments en rapport avec le métier de Vergniaud.

b. Le logis de Vergniaud est l'un de ces « endroits où se cuisinent les éléments du grand repas que Paris dévore chaque jour ». Explique le sens de cette expression et nomme la figure de style utilisée.

6 **a.** Dans le tableau suivant, relève les connecteurs spatiaux qui organisent la description du logis de Vergniaud.

Connecteurs spatiaux	Éléments de la description
Arrivé	chez Vergniaud
....	« deux mauvais pilastres »
.... de ce nom/........	« des œufs »/« une vache »
..........., ...	« une maison »
....	« une mare pleine de fumier »
....	« la vacherie »
....	« une basse-cour, une écurie et un toit à cochons »

b. Observe le tableau complété et montre que les connecteurs spatiaux rendent compte du regard et du parcours de Derville.

7 **a.** Quels sont les matériaux employés dans la construction de ce logis ?
b. Relève les mots qui évoquent la mauvaise qualité de ce bâtiment ainsi que le champ lexical de la dégradation.

8 Montre que le lieu décrit est un endroit misérable.

Une description symbolique

9 En quoi, et pourquoi, l'apparence de Chabert est-elle misérable ?

10 Quel point commun existe-t-il entre Vergniaud et Chabert ?

11 Qu'est-ce qui, dans le quotidien et l'attitude de Chabert, témoigne de son passé militaire ?

12 « L'homme qui a décidé le gain de la bataille d'Eylau serait là ! » Explique cette pensée de Derville, en montrant que le passé de Chabert forme un contraste pathétique avec le lieu où il réside.

La langue et le style

13 « Au fond d'une cour assez spacieuse, [...] sans en avoir la poésie ». Relève les verbes conjugués de ce passage : précise leur temps et la valeur de ce dernier.

Faire le bilan

14 Complète le texte suivant par les mots de la liste ci-dessous afin de définir ce qu'est une description réaliste : *connecteurs - propres - parcours - champs lexicaux - lieux - regard - vocabulaire - exister - voit.*
Une description réaliste présente un lieu qui pourrait .... réellement. Elle est organisée par des .... spatiaux qui permettent au lecteur de suivre le .... du personnage qui le .... ou de son .... Le lieu décrit est minutieusement dépeint à l'aide d'un .... précis et varié. L'atmosphère en est créée par l'emploi de .... significatifs. Parfois, l'usage de noms .... de .... existants (comme Paris) renforce l'effet de réel.

À toi de jouer

15 Fais une recherche sur le réalisme en peinture au XIXe siècle et réalise un dossier qui identifiera les principaux représentants (Courbet, Caillebotte, Corot, Millet), les thèmes et les principes de ce courant.

Étape 3 • Étudier le personnage de la comtesse Ferraud

SUPPORT : (l. 1 319 à 1 362, p. 67 à 68 et l. 1 382 à 1 457, p. 69 à 72).
OBJECTIF : analyser la figure complexe d'un personnage balzacien.

As-tu bien lu ?

1 Où Derville se rend-il après avoir vu Chabert ?

2 Quel personnage historique est évoqué dans ces passages ?

3 Quel est le milieu social du comte Ferraud ? Justifie ta réponse.

4 Quel quartier de Paris constitue le fief du parti royaliste ?
☐ le faubourg Saint Antoine ☐ le faubourg Saint Marceau
☐ le faubourg Saint-Germain

Le portrait d'une parvenue

5 **a.** Pour quelle raison le comte Ferraud épouse-t-il la veuve Chabert ?
b. Qu'est-ce qui a permis à la veuve Chabert d'épouser le comte Ferraud ?

6 « Mme la comtesse Ferraud se trouva par hasard avoir fait ensemble un <u>mariage d'amour, de fortune et d'ambition</u> » (l. 1418) : explique l'expression soulignée en relevant pour chaque aspect du mariage (amour, fortune, ambition) une phrase du texte qui lui correspond.

7 **a.** Quelle vie la comtesse mène-t-elle après avoir épousé le comte ? Appuie ta réponse sur un relevé de termes précis. Quel nom dans le texte caractérise cette formidable ascension sociale ?
b. Quels traits de caractère de la comtesse constituent pour elle des atouts ? Justifie ta réponse par des expressions du texte.

Un personnage dans une situation délicate

8 Le comte Ferraud en vient à regretter son mariage avec la comtesse : pour quelles raisons ? Appuie ta réponse sur un relevé de termes et d'expressions précis.

9 Quelles craintes naissent chez la comtesse ? Quel champ lexical souligne cette peur secrète ? Relève les mots qui le constituent.

La langue et le style

10 **a.** Relève une phrase interrogative et une phrase exclamative qui constituent des interventions du narrateur. À ton avis, pour quelle raison le narrateur emploie-t-il ces types de phrases ?
b. Repère une intervention du narrateur qui évoque les femmes en général : quel est le temps verbal employé ? Quelle est sa valeur ?

11 Dans le passage suivant, relève les expansions du nom souligné et précise la nature grammaticale de chacune d'entre elles.
« M. Ferraud était (...) un jeune <u>homme</u> de vingt-six ans, sans fortune, doué de formes agréables, qui avait des succès et que le faubourg Saint-Germain avait adopté comme une de ses gloires ».

Faire le bilan

12 À l'aide des mots suivants, complète ce texte qui fait la synthèse sur le personnage complexe de la comtesse : *sans scrupule - financier - 1818 - fiction - riche - inquiète - colonel Chabert - type - rusées - parvenue - ambitieuse - comme il faut - Restauration*

La comtesse Ferraud est un personnage de ...., créé de toutes pièces par l'auteur. ...., elle parvient à épouser un comte qui, de son côté, trouve un intérêt .... à ce mariage. Devenue une « femme .... », ..., elle évolue dans la haute société. Cependant, elle demeure .... : son époux regrette ce mariage qui ne lui permet pas de s'élever davantage et elle redoute le retour du .... Ce portrait de femme .... est réaliste : elle appartient à une société qui a réellement existé sous la .... en .... et est emblématique d'un .... de femmes .... et ....

À toi de jouer

13 Fais une recherche sur la période de la Restauration afin d'en présenter un exposé oral.

Étape 4 • Étudier l'entrevue entre le colonel Chabert et la comtesse Ferraud

SUPPORT : (l. 1 677 à 1 871, p. 80 à 86).

OBJECTIF : comprendre les relations entre les protagonistes et les enjeux de leur confrontation.

As-tu bien lu ?

1 Dans quel but Derville organise-t-il une entrevue entre le colonel Chabert et la comtesse Ferraud ?

2 Où la scène se déroule-t-elle ?
☐ chez le nourrisseur ☐ chez la comtesse ☐ au cabinet de Derville

3 Quelles sont les deux parties que tu peux distinguer dans ce passage ?

4 Où la comtesse emmène-t-elle Chabert ?

Une impossible transaction

5 **a.** Quelle est la réaction de la comtesse à la lecture des conditions de l'acte ? Les accepte-t-elle ? Pourquoi ?
b. Quelle est sa réaction à la vue du colonel Chabert ?

6 Observe la réponse de la comtesse lorsque Chabert lui dit : « notre mariage n'a pas cessé ». Quelle est la stratégie de la comtesse ?

7 Complète les répliques et les passages correspondant à chacun des protagonistes dans le tableau suivant, afin de comprendre leurs sentiments.

Le colonel Chabert	La comtesse Ferraud
– Oui, nous plaiderons, ... d'une voix . . . . le colonel – Ah ! dit le vieillard d'un ton profondément . . . . , voulez-vous des preuves ? L'avoué trouva le colonel dans un	– C'est lui, se dit . . . . la comtesse – Mais monsieur n'est pas le colonel Chabert, ... la comtesse en . . . . La comtesse . . . . En la voyant . . . . Il en reçut un regard si . . . .

Un arrangement possible ?

8 « Venez monsieur (...) dans le coupé ». Relève dans ce passage trois expressions caractérisant le changement d'attitude de la comtesse. Comment l'explique-t-elle par la suite ?

9 **a.** « Monsieur ! (...) Ce mot comprenait tout ». Relève l'énumération qui permet d'expliquer l'expression soulignée.
b. À ton avis, qu'exprime cette exclamation ?
c. Ces sentiments sont-ils sincères ? Relève un terme qui le prouve.

10 La comtesse use de divers moyens pour gagner la confiance de Chabert et se justifier.
a. Relève les expressions qui montrent qu'elle joue de son regard.
b. Relève les arguments qu'elle emploie pour justifier son remariage.
c. Relève le lexique qu'elle emploie pour flatter Chabert.

11 Quels sont les effets de l'attitude et du discours de la comtesse sur Chabert ? Justifie ta réponse en citant le texte.

La langue et le style

12 « J'aime M. Ferraud. Je me suis crue en droit de l'aimer. Je ne rougis pas de cet aveu devant vous ; s'il vous offense, il ne nous déshonore point. Je ne puis vous cacher les faits. Quand le hasard m'a laissée veuve, je n'étais pas mère. » Transpose ce passage au discours indirect en commençant par « La comtesse déclara... »

13 Relève dans les paroles de la comtesse deux phrases impératives, deux phrases exclamatives et trois phrases interrogatives. En quoi la comtesse fait-elle un usage argumentatif de ces types de phrases ?

Faire le bilan

14 En t'appuyant sur tes réponses précédentes, explique pourquoi et comment la comtesse manipule le colonel Chabert.

À toi de jouer

15 L'un des enfants de la comtesse s'interroge sur la présence de Chabert à Groslay. Rédige un dialogue dans lequel l'enfant interroge sa mère et où celle-ci lui répond, sans révéler la véritable identité de son ancien époux.

Étape 5 • Étudier les personnages de clercs et d'avoués

SUPPORT : le début du récit, les pages concernant Delbecq et la fin du récit

OBJECTIF : comprendre et analyser les procédés de représentation d'un milieu professionnel dans le récit balzacien.

As-tu bien lu ?

1 Recherche ce que sont les clercs et les avoués, en t'aidant des notes et d'un dictionnaire. Quels sont leurs domaines de compétence ?

2 L'étude de Derville est :
☐ claire et spacieuse ☐ impressionnante et luxueuse
☐ sombre et crasseuse

3 Parmi les personnages suivants, lequel n'est pas un clerc de Derville :
☐ Desroches ☐ Godeschal ☐ Vergniaud ☐ Simonnin ☐ Boucard

Des personnages théâtraux

4 **a.** Sur le portrait de quel personnage le récit s'ouvre-t-il ? Comment ce personnage est-il désigné ? Quelle est sa fonction ?
b. Pourquoi ce portrait est-il fait au présent de l'indicatif ?
c. En quoi les postures et les gestes de ce personnage reflètent-ils fidèlement le portrait ?

5 Que font les clercs de Derville ? Complète le tableau suivant par des expressions qui désignent leurs activités.

« Le troisième clerc nommé Godeschal »	
« (par) deux néophytes venus de province »	
« les trois copistes »	
« Boucard »	

6 Relève plusieurs phrases dans lesquelles les clercs agissent collectivement. Quel effet cela produit-il ?

7 Quel est le niveau de langue et le ton employé par les clercs ?

8 **a.** À qui les clercs veulent-ils jouer un tour ? En quoi consiste-t-il ?
b. Relève le champ lexical du rire et de la moquerie. Si cette scène se déroulait au théâtre, quels types de comiques seraient exploités ?

Témoins des misères humaines

9 Les clercs éprouvent-ils de la compassion à la vue de Chabert ? Relève des éléments qui le montrent.

10 **a.** Qu'est-ce qui persuade Delbecq de servir les intérêts de la comtesse Ferraud ? Quelles démarches accomplit-il pour elle auprès de Chabert ?
b. Comment qualifierais-tu les motivations et les actes de Delbecq ?
c. Quelle fonction Delbecq occupe-t-il finalement ?

11 **a.** À la fin du récit, en quoi la carrière de Godeschal a-t-elle évolué ?
b. Explique la dernière phrase du récit à la lumière des propos qui la précèdent.

La langue et le style

12 Recherche l'étymologie du mot « juriste » et complète les définitions suivantes avec des mots de la même famille.

. . . . : prêter serment
. . . . : ensemble des décisions qui fondent des principes juridiques
. . . . : écarter les esprits par la magie ; supplier quelqu'un
. . . . : offense grave et volontaire

13 Les clercs ont une façon de parler bien à eux : ils mêlent jargon juridique et langage argotique. Relève des mots et des expressions relevant de chacun de ces lexiques.

Faire le bilan

14 Après avoir relu la description de l'étude ainsi que tes réponses précédentes, rédige un bref paragraphe afin de montrer que la représentation des clercs dans le roman de Balzac est réaliste.

À toi de jouer

15 Par groupes, transposez le dialogue des clercs en dialogue théâtral. Soulignez leur ton et leurs gestes par des didascalies. La didascalie initiale doit évoquer le lieu du dialogue. Après avoir réfléchi à une mise en scène (décor, gestes, accessoires) et distribué les rôles, apprenez et jouez ce dialogue.

Étape 6 • Analyser le dénouement

SUPPORT : (l. 2 230, p. 100 à la fin)

OBJECTIF : comprendre la portée symbolique du récit.

As-tu bien lu ?

1 En quelle année la fin du récit se déroule-t-elle ? Depuis combien de temps Chabert est-il à Bicêtre ?

2 Qu'est-ce que Bicêtre ?
☐ un hôpital ☐ une prison ☐ un hospice

3 Pour quelle raison, d'après Derville, Chabert se trouve-t-il à Bicêtre ?

4 Que donnent Derville et Godeschal à Chabert ?
☐ de l'argent ☐ un mouchoir ☐ du tabac

Un homme déchu

5 a. Relève, dans le passage qui va de « ils aperçurent » jusqu'à « livrée horrible », les reprises nominales qui désignent Chabert.
b. Quels renseignements apportent-elles sur le personnage ?

6 a. Complète les expressions suivantes par leurs expansions dans le texte.
Le bâton de maréchal : ....
Physionomie : ....
Robe : ....
Espèce de livrée : ....
b. Relève les deux propositions subordonnées relatives qui constituent les expansions des noms « pauvres » et « robe » puis expliques-en le sens.

7 À quoi Chabert s'occupe-t-il les deux fois où Derville et Godeschal le voient ? Que penses-tu de telles activités ?

8 Que répond Chabert lorsque Derville le salue (« Bonjour, colonel Chabert ») ? En quoi cette réponse est-elle pathétique ?

Une destinée tragique

9 a. Complète le tableau suivant en relevant le lexique relatif aux termes et à l'attitude militaire de Chabert ainsi que les termes et expressions qui relèvent de la folie.

Lexique militaire	Lexique relatif à la folie

b. En quoi l'opposition de ces deux champs lexicaux symbolise-t-elle la destinée de Chabert ?

10 Quelle image l'anecdote racontée par le vieux bicêtrien donne-t-elle de Chabert ? Justifie ta réponse par un relevé précis de termes.

11 Relève deux phrases de Derville qui résument le destin du colonel Chabert. À ton avis, quels sentiments l'avoué éprouve-t-il en disant cela ?

12 Quelles réflexions l'histoire de Chabert lui inspire-t-elle quant à sa profession ?

La langue et le style

13 « Nos études sont des égouts qu'on ne peut pas curer ». Nomme cette figure de style employée par Derville et expliques-en le sens.

14 Quelle figure de style Derville emploie-t-il lorsqu'il reprend l'expression « j'ai vu » ? Quel effet produit-elle ?

Faire le bilan

15 « Toutes les horreurs que les romanciers croient inventer sont toujours au-dessous de la vérité ». D'après toi, que signifie cette réflexion de Derville ? Aide-toi de tes réponses précédentes.

À toi de jouer

16 Rédige la première page de l'autobiographie de Chabert en commençant par la phrase de Derville, légèrement modifiée : « Sorti de l'hospice des enfants trouvés, [je suis revenu] mourir à l'hospice de la Vieillesse, après avoir, dans l'intervalle, aidé Napoléon à conquérir l'Égypte et l'Europe ». Ton texte doit rappeler le passé de Chabert, son retour à Paris et ses démêlés avec son ancienne épouse. Puis imagine les circonstances dans lesquelles il s'est retrouvé à Bicêtre. Enfin, précise les raisons qui incitent Chabert à rédiger son autobiographie et donne-lui un titre.

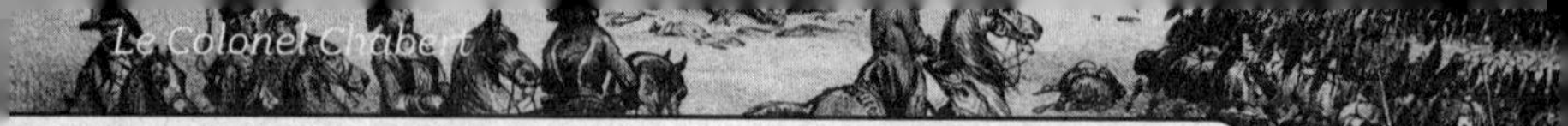

Étape 7 • Appréhender la dimension historique de l'œuvre

SUPPORT : le récit entier et l'enquête

OBJECTIF : repérer les éléments qui ancrent le récit dans la réalité historique de son époque.

As-tu bien lu ?

1 Quel est le grade de Chabert dans l'armée ?

2 Au cours de quelle bataille napoléonienne Chabert a-t-il été blessé ? En quelle année a-t-elle eu lieu ?

3 Sous quel régime politique le récit se déroule-t-il ? Qui est au pouvoir ?

4 À quelle campagne Chabert et Vergniaud ont-ils participé ?
☐ Italie ☐ Égypte ☐ Russie

Chabert, un débris de la Grande Armée

5 Qu'appelle-t-on la « Grande Armée » ?

6 Quel autre personnage du récit est aussi un ancien soldat ?

7 En quoi l'attitude et les propos de Chabert sont-ils représentatifs de l'attachement que ses soldats avaient pour Napoléon ?

8 Chabert porte le titre de grand-officier de la Légion d'honneur. À l'aide de l'enquête, explique ce qu'est ce titre et la raison pour laquelle Napoléon l'a créé.

9 **a.** Note les changements intervenus dans la vie de Chabert.

	Soldat de Napoléon	**De retour à Paris**
Époque	Empire	....
Nom et titre	.... Hyacinthe Chabert	À Bicêtre : ....
Épouse	Rosine Chabert	....
Adresse de sa demeure	Rue du Mont-Blanc	....
Logis	Rue du Mont-Blanc	Chez ....

b. En t'appuyant sur ce tableau et sur la situation sociale et économique de Chabert, montre que le colonel n'a plus sa place dans le monde qu'il retrouve.

Le Colonel Chabert, une chronique de la fin d'une époque

10 « Quand je pense que Napoléon est à Sainte-Hélène, tout ici-bas m'est indifférent. Je ne puis plus être soldat, voilà tout mon malheur. » (l. 2 220-2 221)
a. Quand et pour quelle raison Napoléon est-il exilé à Sainte-Hélène ?
b. Quels sentiments de Chabert ses propos traduisent-ils ? Montre que son destin est en quelque sorte lié à celui de l'Empereur déchu.

11 **a.** En quelle année et dans quelles circonstances Napoléon meurt-il ?
b. Qu'est devenu Chabert à la fin du récit ?

12 **a.** Chabert, ancien colonel de la Grande Armée, est-il admiré par les autres personnages du roman ? Pour quelles raisons, à ton avis ?
b. Pour qui la chute de l'Empire a-t-elle été un soulagement ?
c. Pour quelles raisons, ensuite, a-t-elle suscité une certaine nostalgie ?

La langue et le style

13 Recherche les mots « vétéran » et « grognard » et trouve leur étymologie*.

14 **a.** Recherche la définition du nom « chronique ».
b. Trouve des mots de la même famille et emploie chacun d'entre eux dans une phrase qui en éclairera le sens.

Faire le bilan

15 Explique pourquoi *Le Colonel Chabert* apparaît comme une chronique de la chute de l'Empire – incarnée par Chabert – qui dénonce l'hypocrisie et la cupidité de la société bourgeoise de la Restauration – incarnée par la comtesse Ferraud.

À toi de jouer

16 Rédige un article de critique littéraire sur *Le Colonel Chabert*. Après avoir brièvement évoqué son auteur et la situation initiale, tu montreras l'intérêt de ce récit en t'appuyant sur tes impressions de lecture et en insistant sur sa dimension historique.

Au cœur de la bataille : groupement de documents

OBJECTIF : comparer plusieurs documents sur le thème des batailles napoléoniennes.

DOCUMENT 1 VICTOR HUGO, *Les Misérables*, Tome II (Cosette), Livre premier (Waterloo), chap. IX.

Dans l'un de ses plus célèbres romans, Victor Hugo évoque la fameuse bataille de Waterloo.

Ils étaient trois mille cinq cents. Ils faisaient un front d'un quart de lieue. C'étaient des hommes géants sur des chevaux colosses. Ils étaient vingt-six escadrons ; et ils avaient derrière eux, pour les appuyer, la division de Lefebvre-Desnouettes, les cent six gendarmes d'élite, les chasseurs de la garde, onze cent quatre-vingt-dix-sept hommes, et les lanciers de la garde, huit cent quatre-vingts lances. Ils portaient le casque sans crins et la cuirasse de fer battu, avec les pistolets d'arçon dans les fontes et le long sabre-épée. [...]

Alors on vit un spectacle formidable.

Toute cette cavalerie, sabres levés, étendards et trompettes au vent, formée en colonne par division, descendit d'un même mouvement et comme un seul homme, avec la précision d'un bélier de bronze qui ouvre une brèche, la colline de la Belle-Alliance, s'enfonça dans le fond redoutable où tant d'hommes déjà étaient tombés, y disparut dans la fumée, puis, sortant de cette ombre, reparut de l'autre côté du vallon, toujours compacte et serrée, montant au grand trot, à travers un nuage de mitraille crevant sur elle, l'épouvantable pente de boue du plateau de Mont-Saint-Jean. Ils montaient, graves, menaçants, imperturbables ; dans les intervalles de la mousqueterie et de l'artillerie, on entendait ce piétinement colossal. Étant deux divisions, ils étaient deux colonnes ; la division Wathier avait la droite, la division Delord avait la gauche. On croyait voir de loin s'allonger vers la crête du plateau deux immenses couleuvres d'acier. Cela traversa la bataille comme un prodige.

Rien de semblable ne s'était vu depuis la prise de la grande redoute de la Moskowa par la grosse cavalerie ; Murat y manquait, mais Ney s'y retrouvait. Il semblait que cette masse était devenue monstre et n'eût qu'une âme.

Chaque escadron ondulait et se gonflait comme un anneau du polype. On les apercevait à travers une vaste fumée déchirée çà et là. Pêle-mêle de casques, de cris, de sabres, bondissement orageux des croupes des chevaux dans le canon et la fanfare, tumulte discipliné et terrible ; là-dessus les cuirasses, comme les écailles sur l'hydre.
Ces récits semblent d'un autre âge. Quelque chose de pareil à cette vision apparaissait sans doute dans les vieilles épopées orphiques racontant les hommes-chevaux, les antiques hippanthropes, ces titans à face humaine et à poitrail équestre dont le galop escalada l'Olympe, horribles, invulnérables, sublimes ; dieux et bêtes.

DOCUMENT 2 FRANÇOIS-RENÉ DE CHATEAUBRIAND, *Mémoires d'Outre-tombe*, IIIe partie, Ire époque, livre VI, ch. 16.

Dans ses mémoires, Chateaubriand raconte ses souvenirs. Alors que, quittant la Belgique, il est en route pour Paris en mission pour le roi Louis XVIII en exil, il suit la bataille de Waterloo de manière singulière.

Le 18 juin 1815, vers midi, je sortis de Gand par la porte de Bruxelles ; j'allai seul achever ma promenade sur la grande route. J'avais emporté les *Commentaires de César* et je cheminais lentement, plongé dans ma lecture. J'étais déjà à plus d'une lieue[1] de la ville, lorsque je crus ouïr un roulement sourd : je m'arrêtai, regardai le ciel assez chargé de nuées, délibérant en moi-même si je continuerais d'aller en avant, ou si je me rapprocherais de Gand dans la crainte d'un orage. Je prêtai l'oreille ; je n'entendis plus que le cri d'une poule d'eau dans des joncs et le son d'une horloge de village. Je poursuivis ma route : je n'avais pas fait trente pas que le roulement recommença, tantôt bref, tantôt long et à intervalles inégaux ; quelquefois il n'était sensible que par une trépidation de l'air, laquelle se communiquait à la terre sur ces plaines immenses, tant il était éloigné. Ces détonations moins vastes, moins onduleuses, moins liées ensemble que celles de la foudre, firent naître dans mon esprit l'idée d'un combat. Je me trouvais devant un peuplier planté à

1. **Une lieue** : mesure de distance équivalant à environ quatre kilomètres.

l'angle d'un champ de houblon. Je traversai le chemin et je m'appuyai debout contre le tronc de l'arbre, le visage tourné du côté de Bruxelles. Un vent du sud s'étant levé m'apporta plus distinctement le bruit de l'artillerie. Cette grande bataille, encore sans nom, dont j'écoutais les échos au pied d'un peuplier, et dont une horloge de village venait de sonner les funérailles inconnues, était la bataille de Waterloo !
Auditeur silencieux et solitaire du formidable arrêt des destinées, j'aurais été moins ému si je m'étais trouvé dans la mêlée : le péril, le feu, la cohue de la mort ne m'eussent pas laissé le temps de méditer ; mais seul sous un arbre, dans la campagne de Gand, comme le berger des troupeaux qui paissaient autour de moi, le poids des réflexions m'accablait : Quel était ce combat ? Était-il définitif ? Napoléon était-il là en personne ? Le monde comme la robe du Christ, était-il jeté au sort ? Succès ou revers de l'une ou de l'autre armée, quelle serait la conséquence de l'événement pour les peuples, liberté ou esclavage ? Mais quel sang coulait ! chaque bruit parvenu à mon oreille n'était-il pas le dernier soupir d'un Français ? Était-ce un nouveau Crécy, un nouveau Poitiers, un nouvel Azincourt, dont allaient jouir les plus implacables ennemis de la France ? S'ils triomphaient, notre gloire n'était-elle pas perdue ? Si Napoléon l'emportait que devenait notre liberté ? Bien qu'un succès de Napoléon m'ouvrit un exil éternel, la patrie l'emportait dans ce moment dans mon cœur ; mes vœux étaient pour l'oppresseur de la France, s'il devait, en sauvant notre honneur, nous arracher à la domination étrangère.

DOCUMENT 3 STENDHAL, *La Chartreuse de Parme*, I, 3.

Fabrice del Dongo, jeune noble italien, rêve de gloire militaire. Quittant sa famille, il réussit à rejoindre les troupes napoléoniennes sans la moindre expérience des combats.

Nous avouerons que notre héros était fort peu héros en ce moment. Toutefois, la peur ne venait chez lui qu'en seconde ligne ; il était surtout scandalisé de ce bruit qui lui faisait mal aux oreilles. L'escorte prit le galop ; on traversait une grande pièce de terre labourée, située au-delà du canal, et ce champ était jonché de cadavres.

– Les habits rouges ! les habits rouges ! criaient avec joie les hussards de l'escorte.

Et d'abord Fabrice ne comprenait pas ; enfin il remarqua qu'en effet presque tous les cadavres étaient vêtus de rouge. Une circonstance lui donna un frisson d'horreur ; il remarqua que beaucoup de ces malheureux habits rouges vivaient encore ; ils criaient évidemment pour demander du secours, et personne ne s'arrêtait pour leur en donner. Notre héros, fort humain, se donnait toutes les peines du monde pour que son cheval ne mît les pieds sur aucun habit rouge. L'escorte s'arrêta ; Fabrice, qui ne faisait pas assez d'attention à son devoir de soldat, galopait toujours en regardant un malheureux blessé.

– Veux-tu bien t'arrêter, blanc-bec ! lui cria le maréchal des logis. [...]

Fabrice, quoique fort susceptible, ne songea point à se fâcher de l'injure ; il contemplait, perdu dans une admiration enfantine, ce fameux prince de la Moskova, le brave des braves.

Tout à coup on partit au grand galop. Quelques instants après, Fabrice vit, à vingt pas en avant, une terre labourée qui était remuée d'une façon singulière. Le fond des sillons était plein d'eau, et la terre fort humide qui formait la crête de ces sillons, volait en petits fragments noirs lancés à trois ou quatre pieds de haut. Fabrice remarqua en passant cet effet singulier ; puis sa pensée se remit à songer à la gloire du maréchal. Il entendit un cri sec auprès de lui : c'étaient deux hussards qui tombaient atteints par des boulets ; et, lorsqu'il les regarda, ils étaient déjà à vingt pas de l'escorte. Ce qui lui sembla horrible, ce fut un cheval tout sanglant qui se débattait sur la terre labourée, en engageant ses pieds dans ses propres entrailles il voulait suivre les autres : le sang coulait dans la boue.

« Ah ! m'y voilà donc enfin au feu ! se dit-il. J'ai vu le feu ! se répétait-il avec satisfaction. Me voici un vrai militaire. »

DOCUMENT 4 *Napoléon (Ier) sur le champ de bataille d'Eylau, le 9 février 1807,* ANTOINE-JEAN GROS, 1808, Huile sur toile, 5,210 m × 7,840 m, Paris, Musée du Louvre.

Antoine-Jean Gros (1771-1835), fait baron d'Empire par Napoléon Ier, a peint ce tableau en 1808, gagnant ainsi le concours lancé par Dominique Vivant-Denon de la meilleure représentation du lendemain de la bataille.

As-tu bien lu ?

1 Quelle est la bataille évoquée dans les trois textes ?

2 Quelle est la date précise de cette bataille ? Dans quel document as-tu trouvé la réponse ?

3 De quels régiments est-il question dans le texte de Victor Hugo ?

☐ l'artillerie ☐ les fantassins ☐ la cavalerie

Une bataille, trois visions

4 Quel est le point de vue dans chacun des trois premiers documents ?

5 Attribue à chacun des textes l'adjectif qualifiant le genre :

Document 1 •	• autobiographique
Document 2 •	• romanesque
Document 3 •	• épique

6 En lisant la présentation des troupes françaises dans le document 1, t'attends-tu à ce qu'elles soient vaincues ? Pourquoi ?

7 Dans le document 2, pourquoi Chateaubriand souhaite-t-il la victoire de Napoléon alors que cela signifierait l'exil pour lui ?

8 Qui est le héros du texte du document 3 ? Comment le qualifierais-tu ?

Lire l'image

9 Où Napoléon se situe-t-il sur l'image ?

10 Comment le reconnaît-on ?

11 Quel moment de la bataille ce tableau représente-t-il ? Justifie ta réponse.

12 À ton avis, que font les personnages à genoux ?

À toi de jouer

13 Tu es un soldat de Napoléon. Écris une lettre à ta famille après la bataille de Waterloo.

14 Tu es le peintre Antoine-Jean Gros interrogé par un journaliste. Il te demande d'expliquer les raisons pour lesquelles tu as peins ce tableau (document 4). Rédige cet entretien.

Le colonel Chabert est un ancien soldat de l'armée impériale, resté profondément attaché au souvenir de Napoléon. Mais qui fut précisément cet homme qui se fit sacrer empereur en 1804 ? Pourquoi fit-il tant de guerres ? Comment expliquer la vénération que lui vouèrent ses soldats et la légende qui se forgea autour de son personnage après sa mort ?

L'épopée napoléonienne

L'ENQUÊTE EN 5 ÉTAPES

1 Qui est Napoléon Bonaparte ?

Jeune général d'origine corse, Napoléon Bonaparte va trouver dans la période troublée qui suit la Révolution Française la possibilité de réaliser ses ambitions : en moins de dix ans, il devient chef de l'État, sous le Consulat, puis empereur des Français.

● DES ORIGINES MODESTES

Né à Ajaccio le 15 août 1769, Napoléon Bonaparte est issu de la petite noblesse corse. Nourrissant des ambitions pour son fils, son père l'envoie sur le continent où le jeune Napoleone reçoit une éducation soignée. Il se révèle un bon élève, doué en mathématiques et doté d'une excellente mémoire. Il entre à l'École militaire de Paris en 1784.

● NAPOLÉON ET LA RÉVOLUTION FRANÇAISE

Sous Louis XVI, roi peu belliqueux, la paix règne. Napoléon, lieutenant à 16 ans, s'ennuie dans son régiment : il obtient des congés et retourne en Corse. Il s'y engage en politique et y connaît les débuts de la Révolution de 1789. Nourri des auteurs des Lumières[1] (Voltaire, Montesquieu, et surtout Rousseau), il prend part à la révolte aux côtés de Pascal Paoli, général et chef de la natio-corse qui veut libérer la Corse du joug français. Mais, lorsque Paoli se tourne vers les Anglais et les contre-révolutionnaires, Napoléon, déçu, retourne en France.

● LE GÉNÉRAL AMBITIEUX DEVIENT CONSUL (1793-1802)

En 1793, capitaine d'artillerie, il reprend la ville de Toulon aux Anglais. Puis il réprime un soulèvement royaliste à Paris en 1795. Mais ce sont les campagnes d'Italie (1796-1797) où il vainc Piémontais et Autrichiens qui révèlent ses talents militaires. Après l'expédition menée en Égypte, il prend une part active au coup d'État du 18 brumaire (9 novembre 1799) mené par Sieyès[2] et devient Premier consul pour dix ans. Dès 1802, il se fait nommer consul à vie.

1. Lumières : qui prône la pratique de l'esprit critique et l'exercice de la raison contre toute idée ou croyance.

2. Sieyès (Emmanuel Joseph) : homme d'Église et politique français (1748 -1836). Député du tiers état en 1789, il rédigea le serment du Jeu de paume.

Bonaparte, *gravure (XIXe siècle).*

L'expédition d'Égypte

En 1798, le Directoire confie à Bonaparte le commandement de la campagne d'Égypte. L'objectif : confisquer aux Anglais leur position stratégique sur la route des Indes. Plus de 350 navires et 38 000 hommes sont mobilisés. La campagne militaire se double d'une expédition scientifique : 167 savants sont également du voyage, qui vont s'employer à décrire les ressources du pays et la civilisation de l'Égypte antique. Et c'est grâce à la fameuse pierre de Rosette rapportée de ce voyage que Champollion pourra déchiffrer les mystérieux hiéroglyphes.

NAPOLÉON Ier, EMPEREUR DES FRANÇAIS (1804-1815)

Ayant anéanti les partis royaliste et républicain, Napoléon peut briguer le pouvoir suprême. Le 2 décembre 1804, il se fait sacrer empereur des Français ; Joséphine de Beauharnais qu'il a épousée en 1796 devient l'impératrice Joséphine. Son règne est marqué par d'importantes réformes (voir p. 143) mais aussi par de très nombreuses guerres. Face aux monarchies européennes, Bonaparte prétend mener une guerre de libération des peuples, qui dissimule mal cependant une politique de conquêtes et de domination. Finalement, les nations se soulèvent contre celui qu'il considère comme un oppresseur. Malgré un retour fulgurant au pouvoir après un premier exil sur l'île d'Elbe (les Cent-Jours), Napoléon Ier est vaincu à Waterloo en 1815 et contraint à l'exil à Sainte-Hélène où il meurt en 1821.

Jacques-Louis David (1748-1825), Sacre de l'empereur Napoléon Ier et couronnement de l'impératrice à Notre-Dame, le 2 décembre 1804 *(détail), huile sur toile, 6,210 m × 9,790 m, Paris, Musée du Louvre.*

2 Quelles guerres Napoléon a-t-il menées ?

Après la Révolution française de 1789, les monarchies d'Europe entrent en guerre contre la France républicaine. Napoléon Bonaparte reprend à son compte cette lutte politique, avec de grandes ambitions : diffuser le modèle révolutionnaire mais, ce faisant, établir la domination de la France en Europe.

● PREMIERS SUCCÈS (1796-1802)

Tandis que les armées de la République sont en difficulté en Allemagne, Napoléon Bonaparte, qui mène la campagne d'Italie, remporte de nombreuses victoires. Des Républiques sœurs sont instaurées et la paix de Campoformio signée en 1797. Puis c'est la campagne d'Égypte : il s'agit de contrecarrer les Anglais dont la flotte domine la Méditerranée. Mais l'amiral Nelson détruit la flotte française, la Turquie entre en guerre contre la France et malgré la victoire d'Aboukir (1799), la campagne se solde par un échec. Devenu Premier consul, Bonaparte l'emporte sur les Autrichiens et signe la paix de Lunéville (9 février 1801) ainsi que d'autres traités de paix – avec Naples, le Portugal, la Bavière, la Russie puis l'Angleterre - qui pacifient l'Europe.

● NAPOLÉON CONQUÉRANT (1805-1812)

La paix est de courte durée : les monarchies européennes refusent l'idéal révolutionnaire et la domination que Napoléon leur impose. L'Angleterre, rival ancestral, détruit la flotte franco-espagnole à la bataille de Trafalgar (1805) et l'Empereur instaure un blocus pour étouffer la « perfide Albion ». La guerre reprend sur le continent et se solde par des victoires célèbres. Le 2 décembre 1805, Napoléon Ier remporte la bataille d'Austerlitz en feignant un repli, trompant François II d'Autriche et Alexandre Ier, Tsar de toutes les Russies. Il vainc les Prussiens (victoires d'Iéna et d'Auerstaedt en 1806), à nouveau les Russes (Friedland, 1807) et les Autrichiens (Wagram, 1809) avec lesquels il consolide la paix en épousant Marie-Louise d'Autriche (1810).

La Bataille d'Austerlitz, gravure (XIXe siècle), Paris, BNF.

● LA CAMPAGNE DE RUSSIE : LE GLAS DE L'EMPIRE (1812-1814)

Les fortes tensions avec la Russie décident l'Empereur à l'envahir. En juin 1812, près de 700 000 hommes franchissent le fleuve Niémen. Mais les Russes adoptent une tactique de repli permanent qui force la Grande Armée à avancer. Lorsqu'elle arrive à Moscou, le tsar fait incendier la ville. L'armée repart chargée de butin mais la fatigue, le froid puis la famine ont raison d'elle. En décembre 1812, Napoléon regagne Paris. La Prusse, l'Autriche, la Suède rallient les Russes. Malgré quelques victoires, les armées napoléoniennes, très affaiblies, sont débordées. En mars 1814, Paris est occupé par les coalisés. Napoléon Ier abdique et est exilé sur l'île d'Elbe, en Méditerranée.

La « propagande » napoléonienne

Dès 1790, les bulletins de l'armée diffusent les succès militaires du général Bonaparte.
Dans *Le Colonel Chabert*, le protagoniste lit les bulletins de la Grande Armée, publiés dès 1805 pour justifier les actions militaires menées par l'Empereur.
Rédigé par l'historien Emmanuel de Las Cases, compagnon d'exil de l'Empereur déchu et publié dès 1822, *Le Mémorial de Sainte-Hélène* contribue largement à forger la légende d'un empereur héritier de la Révolution agissant dans l'intérêt du peuple.

L'épisode des Cent-Jours

En 1815, quittant l'île d'Elbe, Napoléon débarque à Golfe-Juan et se dirige vers Paris : Louis XVIII s'enfuit à Gand (Belgique) et l'Empereur reconquiert le pouvoir (les Cent-Jours).
Il reprend l'offensive en Belgique mais est finalement vaincu à Waterloo par les troupes de Wellington et de Blücher puis contraint à un exil définitif sur l'île lointaine de Sainte-Hélène (océan Atlantique sud).

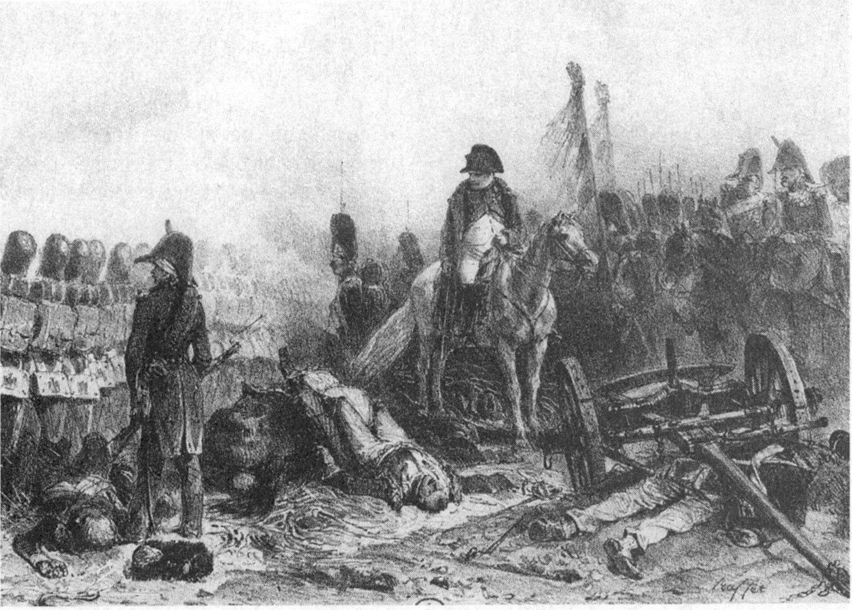

Auguste Raffet (1804-1860), Napoléon à Waterloo, *gravure (1830), Paris, BNF.*

3 Comment est organisée l'armée napoléonienne ?

Ce sont deux millions d'hommes qui ont été recrutés en dix ans pour former ce qu'on a appelé la Grande Armée. Ces soldats ont suivi Napoléon dans toutes ses campagnes, jusqu'à la désastreuse retraite de Russie.

Hussard, *gravure (XIXe siècle), Paris, BNF.*

• UNE ARMÉE TRÈS ORGANISÉE

L'armée napoléonienne est composée d'une dizaine de corps d'armée ; les unités d'infanterie, de cavalerie et d'artillerie sont complétées par les unités du génie (ingénieurs pontonniers chargés de construire des ponts et sapeurs attaquant les fortifications), de communication, de ravitaillement et de santé (chirurgiens, médecins, ambulanciers...). Toutes ces unités sont dirigées par des maréchaux[1] (Davout, Ney, Bernadotte, Soult...), militaires de grande valeur. Ainsi, de 1805 à 1809, c'est le maréchal Murat, évoqué par Chabert dans son récit de la bataille d'Eylau, qui dirige la cavalerie. L'Empereur exige de cette armée efficacité (il insiste sur la précision des rapports rendant compte des opérations et

1. Maréchal : officier général qui a la dignité la plus élevée dans la hiérarchie militaire.

sur la rapidité de leur transmission) et mobilité (les soldats peuvent marcher jusque 40 km par jour).

● UNE ARMÉE « EUROPÉENNE »

Le recrutement de soldats étrangers, pratiqué dès l'Antiquité, est devenu traditionnel en Europe. Dès 1811, en raison des lourdes pertes humaines subies et en prévision de la campagne de Russie, la Grande Armée intègre des contingents étrangers de plusieurs dizaines de milliers d'hommes : Belges, Hollandais, Autrichiens, Italiens, Saxons, Prussiens...

● UNE ARMÉE COURAGEUSE ET FIDÈLE

Les conditions de vie des soldats sont difficiles. Éloignés de leurs familles pendant de longs mois, soumis à une discipline de fer, ils progressent à pied avec armes et bagages. Ils sont souvent payés en retard, mal nourris et mal vêtus. Certains meurent de fatigue lors des avancées à marche forcée ou des maladies (dysenterie, typhus) qui se répandent dans les dépôts de santé aux conditions d'hygiène déplorables. Malgré tout, ses soldats suivent l'Empereur avec acharnement, voire avec enthousiasme : le général qui se bat à leurs côtés et remporte tant de victoires incarne pour eux les idéaux de la Révolution contre les monarchies d'Europe. La Grande Armée avait pour devise « Valeur et discipline » et pour cri de guerre « Vive l'Empereur ! »

Des discours qui galvanisent

Extrait d'une harangue de Napoléon Bonaparte « Soldats, vous êtes nus, mal nourris, le gouvernement vous doit beaucoup, mais ne peut rien pour vous. Votre patience, le courage que vous montrez au milieu de ces rochers, sont admirables, mais ils ne vous procurent aucune gloire ; aucun éclat ne rejaillit sur vous. Je vais vous conduire dans les plaines les plus fertiles du monde. Vous y trouverez des grandes villes et de riches provinces ; vous y trouverez honneur, gloire et butin. Soldats d'Italie, manquerez-vous de courage ? » (Aux soldats de l'armée d'Italie, à Nice, le 31 mars 1796).

L'équipement des soldats

Les soldats portent des uniformes longs à revêtir et peu confortables. L'habit, très ajusté, est bleu à revers blancs. Les unités d'élite portent un bonnet en poil d'ours de 35 cm de haut, les officiers, eux, portent le shako, d'environ 20 cm de haut, garnie d'un pompon ou d'un plumet rouge. L'arme utilisée est la baïonnette : une lame de 48 cm se fixe au bout d'un fusil long d'1,50 m et qui pèse plus de 4 kg.

Napoléon décorant un voltigeur de la Légion d'Honneur, *gravure (XIXe siècle), Paris, Musée national de la Légion d'honneur et des ordres de chevalerie.*

4 Quel est le bilan du règne de Napoléon ?

Même si, aujourd'hui, le bilan de l'Empire semble contrasté, Napoléon a néanmoins instauré des lois et des institutions qui ont forgé la France moderne, et son règne a profondément marqué les nations européennes. De fait, l'action et la personnalité de cet homme ont donné naissance au XIXe siècle à une véritable légende, entretenue par ses anciens soldats.

● LA FRANCE SOUS NAPOLÉON Ier

En tant que Premier consul puis empereur, Napoléon rétablit l'ordre en France en instaurant un régime centralisé et autoritaire. Sur le plan religieux, il rétablit le culte catholique par le Concordat signé avec le pape (1801). Dans le domaine économique, il crée la Banque de France (1800) et institue une monnaie stable, le franc (1803), qui gardera sa valeur jusqu'en 1913. Sur le plan administratif, il nomme des préfets à la tête des départements.

Le Code civil paraît en 1804 ; il réunit 2 281 articles de loi.

Pour forger une nouvelle élite, autre qu'aristocratique, il crée les lycées ainsi que la Légion d'honneur, distinction honorifique qui « paie au service militaire comme au service civil le prix du courage mérité ».

● L'HÉRITAGE NAPOLÉONIEN EN EUROPE

Reprenant à son compte l'ambition de la Révolution française de libérer les peuples d'Europe du joug monarchique, Napoléon Ier poursuit la politique d'annexion entreprise par la République. Il crée des États dépendants, tels que le Royaume d'Italie et le Royaume d'Espagne, dirigés

Franc Bonaparte, *an XI, revers (Paris, BNF, Cabinet des médailles).*

Franc Bonaparte, *an XI, avers (Paris, BNF, Cabinet des médailles).*

par des membres de sa famille ou des souverains soumis, et dotés de constitutions. Y sont introduits les principes d'égalité et de liberté de la Déclaration des droits de l'homme et du citoyen de 1789 ainsi que le Code civil. L'absolutisme est aboli et la souveraineté nationale proclamée. La Prusse abolit le servage mais des États momentanément alliés à la France, comme l'Autriche et la Russie, refusent cette évolution.

● LA NAISSANCE D'UNE LÉGENDE

De son vivant, Napoléon Bonaparte a joui d'une véritable aura. L'audace de son action, ses talents de stratège impressionnent ses soldats comme ses ennemis. Après son exil à Sainte-Hélène, nombreux sont ceux qui prédisent son retour. Le colonel Chabert – ainsi que Louis Vergniaud – représentent les vétérans, les « grognards »[1] de la Grande Armée qui ont vécu les « splendeurs et misères » de l'épopée napoléonienne. Ces derniers vont entretenir le souvenir de l'Empereur et contribuer à faire naître sa légende. La société bourgeoise de la Restauration ne fait alors guère rêver la jeune génération : nostalgique d'une époque qui promettait la gloire plutôt qu'une carrière, celle-ci s'enthousiasme aux récits épiques des batailles napoléoniennes.

CODE CIVIL
DES
FRANÇAIS.

ÉDITION ORIGINALE ET SEULE OFFICIELLE.

À PARIS,
DE L'IMPRIMERIE DE LA RÉPUBLIQUE.
AN XII. 1804.

Le Code civil

Le Code civil, également appelé Code Napoléon, fonde une grande partie du droit civil français actuel. Il régit les rapports entre les individus (mariage, divorce), les droits de propriété, garantit l'égalité des citoyens et la laïcité.
Les codes civils néerlandais, italien, roumain, portugais et espagnol s'en inspirent ainsi que ceux de l'état de Louisiane et du Québec.

Frontispice du Code civil, An XII -*1804 (Paris, BNF)*.

1. Grognard : on appelait ainsi les vieux soldats de l'Empire.

Un souvenir omniprésent… à tous les coins de rue !

Napoléon et les noms qui ont jalonné l'histoire de l'Empire sont très présents dans la toponymie urbaine : de nombreuses rues, places ou, à Paris, de stations de métro portent son nom ou celui de ses victoires. À Paris toujours, les boulevards qui encerclent la ville sont appelés « maréchaux » – du nom de maréchaux de l'Empire : ce sont les boulevards Soult (12e), Murat (16e), Lannes (16e), Ney (18e), Mac Donald (19e), Davout (20e)… La colonne Vendôme, faite sur le modèle de la colonne Trajane de Rome, est surmontée d'une statue de Napoléon Ier qui la fit recouvrir avec le bronze des canons ennemis et la dédia à la Grande Armée.

Le Maréchal Ney, *gravure (XIXe siècle).*

Deux symboles impériaux

L'aigle et l'abeille sont deux symboles du Ier Empire. L'aigle, oiseau de Jupiter, est l'emblème de la Rome impériale. Les abeilles assimilent la République à une ruche, dotée d'un chef, et la rattachent aux origines de la France : la légende rapporte qu'on avait trouvé des abeilles dans le tombeau de Childéric Ier, père de Clovis.

5 Comment Napoléon est-il devenu un mythe littéraire ?

Homme d'État de génie ou tyran ? Encore aujourd'hui, Napoléon Bonaparte a ses détracteurs comme ses admirateurs. Quoi qu'il en soit, ce personnage historique possède indéniablement une dimension épique : artistes et écrivains ne s'y sont pas trompés.

● NAPOLÉON ET LES ÉCRIVAINS

Le régime autoritaire qui suit le coup d'État du 18 Brumaire censure la presse et les livres et promeut une littérature de propagande. Certains auteurs qui admiraient Bonaparte critiquent désormais son action. C'est le cas de Mme de Staël qui est contrainte à l'exil. À l'inverse, François-René de Chateaubriand fait partie des nobles émigrés à la Révolution à qui Napoléon permet de revenir. Il dédie la seconde édition de son *Génie du christianisme* «Au Premier Consul Bonaparte». Mais, le poste d'ambassadeur que Chateaubriand se voit offrir à Rome ne comble pas ses ambitions, et l'exécution du duc d'Enghien, chef supposé du parti royaliste, achève de l'éloigner de l'Empereur. Dans ses *Mémoires d'Outre-tombe*, Chateaubriand attaque Napoléon tout en laissant percer l'admiration qu'il a toujours éprouvée pour lui.

● UN PERSONNAGE LITTÉRAIRE

La légende napoléonienne va constituer de fait une source d'inspiration majeure au XIXe siècle. Le charisme de l'homme, l'ampleur de son action fascinent. La littérature romantique (Hugo, Lamartine, Musset) admire ce personnage grandiose, surhumain, et sa fin solitaire sur le rocher de Sainte-Hélène. Balzac, qui voyait en lui une sorte de Prométhée, en fait l'un des personnages de *La Vendetta*, où il est appelé «Sauveur de la France». En Grande-Bretagne, Byron est sensible au mythe napoléonien et Walter Scott publie en 1825 une *Vie de Napoléon*. Arthur Conan Doyle l'évoque dans ses œuvres historiques. Les auteurs russes Tolstoï et Dostoïevski y font souvent référence. L'action de *Guerre et Paix* de Tolstoï se situe entre 1805 et 1820 et se concentre notamment sur la campagne de Russie de 1812.

Napoléon et Victor Hugo (1802-1885)

Victor Hugo, fils d'un général d'Empire fait comte par Joseph Bonaparte, naît deux ans avant le sacre de l'Empereur. Le poème « Ce siècle avait deux ans » (*Les Feuilles d'automne*, 1831) où il évoque sa naissance et sa vocation de poete, commence par ces vers : « Ce siècle avait deux ans ! Rome remplaçait Sparte/Déjà Napoléon perçait sous Bonaparte/Et du premier consul, déjà, par maint endroit/Le front de l'empereur brisait le masque étroit ».
Mais ce n'est pas tant Napoléon Ier qui fait couler l'encre de sa plume que son neveu, Louis-Napoléon Bonaparte. En 1848, il soutient la candidature de Louis-Napoléon Bonaparte qui est élu président de la République. Mais il s'oppose à lui après le coup d'État du 2 décembre 1851 qui instaure le Second Empire. Hugo, exilé, pourfend dans ses *Châtiments* celui qu'il appelle « Napoléon-le-Petit » par opposition à son illustre prédécesseur : « Toi, son singe, marche derrière/Petit, petit ».

Plus tard, Hugo consacre un poème à la bataille d'Eylau, à laquelle son grand-père avait participé. Il y décrit une atmosphère infernale où le combat, désespéré, ressemble davantage à une défaite et où la guerre, ordonnée par un empereur indifférent, apparaît dans toute son horreur : « Cent vingt têtes alors, ainsi qu'un archipel/Sortirent de la neige ; un sergent fit l'appel/Et l'aube se montra, rouge, joyeuse et lente/On eût cru voir sourire une bouche sanglante. » Le poème s'achève ainsi : « Je vis mon colonel venir, l'épée en main./ – Par qui donc la bataille a-t-elle été gagnée ?/ – Par vous, dit-il. – La neige était de sang baignée/Il reprit : – C'est bien vous, Hugo ? c'est votre voix ?/ – Oui. – Combien de vivants êtes-vous ici ? – Trois. » (extraits de « Le Cimetière d'Eylau », *La Légende des siècles*, 1877).

Petit lexique littéraire

Analepse	Terme littéraire qui désigne un retour en arrière dans la chronologie du récit.
Anaphore	Figure de style qui consiste à répéter un même mot ou une même expression en début de phrase, de proposition ou de vers.
Balzacien(ne)	Adjectif qualificatif formé sur le nom propre Balzac qui caractérise ce qui se rapporte aux œuvres de cet auteur et à leurs caractéristiques.
Cadre spatio-temporel	Lieux et époque où se déroule l'action du roman.
Champ lexical	Ensemble des mots qui se rapportent à un même thème.
Discours direct	Consiste à rapporter les paroles ou les pensées de quelqu'un telles qu'elles ont été prononcées.
Discours indirect	Consiste à rapporter les paroles ou les pensées de quelqu'un en les subordonnant par la conjonction « que » à un verbe de parole ou de pensée.
Effet de réel	Effet que cherche à créer un auteur lorsqu'il met en scène des personnages et des actions vraisemblables dans un univers ressemblant à la réalité.
Éponyme	Qui donne son nom à quelque chose (ici, le personnage principal donne son nom à l'œuvre littéraire).
Énumération	Figure de style qui consiste en une suite de termes ou d'expressions de même nature grammaticale.

Épopée	Long poème ou récit où la légende se mêle à l'histoire pour célébrer un héros ou un grand fait. Ex. : l'*Iliade* d'Homère.
Étymologie	Étude de l'origine d'un mot, ainsi que de sa formation.
Famille de mots	Ensemble de mots qui ont le même radical.
Fantastique	Genre littéraire qui confronte un personnage à l'irruption d'un événement surnaturel au sein d'un univers quotidien et réaliste.
Figure de style	Procédé d'écriture qui constitue un écart, une originalité par rapport à une façon neutre et objective de s'exprimer.
Métaphore	Figure de style qui rapproche deux éléments sans outil de comparaison et crée une image.
Oxymore	Figure de style qui consiste à allier deux mots de sens contradictoires. Ex : une lumière obscure.
Pathétique	Qui suscite une émotion vive de tristesse, de pitié, de douleur.
Péripétie	Action (du grec, *péripétéia* : « événement imprévu »).
Point de vue (focalisation)	Perspective à travers laquelle un récit est fait ou une scène est vue. Il peut être interne, omniscient ou externe.
Prolepse	Terme littéraire qui désigne un bond en avant dans la chronologie du récit.
Protagoniste	Personnage principal d'un récit.

Réalisme Courant littéraire et artistique dont le principe essentiel est de créer un univers ressemblant à la réalité.

Romantisme Courant littéraire et artistique qui s'intéresse essentiellement à l'individu (ses aspirations, ses rêves, ses sentiments). Il fait une large place au rêve et à la nature et prône la recherche de l'idéal.

Symbolique Qui constitue un symbole, c'est-à-dire un objet ou une image figurant, par comparaison, une idée plus vaste.

Tragique Qui suscite une émotion intense, par son caractère dramatique voire funeste.

À lire et à voir

• LIRE D'AUTRES ŒUVRES DE BALZAC

La Vendetta

À l'insu de tous, le peintre Servin cache dans son atelier un bel officier de la Garde impériale blessé à Waterloo et recherché par la police pour avoir aidé Napoléon à reprendre le pouvoir pendant les Cent-Jours. Or l'élève favorite du peintre, la talentueuse Ginevra Piombo, ne tarde pas à découvrir le proscrit et tombe aussitôt amoureuse de lui...

La Peau de chagrin

Un jeune homme veut mourir. Il entre par hasard chez un antiquaire et ce dernier lui fait cadeau d'une peau de chagrin couverte de signes mystérieux. Attention, la peau réalise tous les désirs, mais la réalisation de chacun d'eux la fait se rétrécir et raccourcit d'autant la vie de son possesseur...

Le Père Goriot

Rastignac est un jeune provincial qui cherche à appartenir à la société parisienne. Il lui manque les manières et l'argent. Pour y parvenir, il côtoie les femmes du monde, mais reste attaché à son voisin de la pension Vauquer, le père Goriot, vieillard malheureux abandonné de ses filles...

Eugénie Grandet

Dans la ville de Saumur vit modestement la famille Grandet : le père, ancien tonnelier devenu richissime après de fructueuses spéculations, son épouse, sa fille Eugénie et Nanon la servante. Dans la ville, les beaux partis se disputent la main d'Eugénie dans l'espoir d'épouser sa fortune. Mais le cousin d'Eugénie, un dandy parisien, surgit un soir, porteur d'une missive pour son oncle...

ROMANS ET NOUVELLES RÉALISTES

Boule de Suif, Guy de Maupassant

1870 : c'est la débâcle. Les Prussiens entrent dans Rouen. Trois couples, deux religieuses, un démocrate et une femme de petite vertu surnommée Boule de suif s'apprêtent à quitter la ville par la même diligence. Bien que ses compagnons de voyage la méprisent, l'équipage, arrêté par un soldat prussien, ne devra son salut qu'au sacrifice de Boule de suif.

Bel Ami, Guy de Maupassant

Alors que Georges Duroy erre dans la capitale sans un sou en poche, il rencontre un ancien camarade de régiment, qui lui propose de devenir journaliste à *La Vie française*... Ainsi commence l'histoire d'un ambitieux qui se servira des femmes pour arriver à ses fins dans le Paris des années 1880.

Nantas, Émile Zola

Nantas, un jeune Marseillais ambitieux qui vient de monter à Paris, ne parvient pas à trouver de situation. Un soir, une mystérieuse visiteuse lui propose d'épouser Flavie, la fille du baron Danvilliers : en contrepartie, il devra reconnaître l'enfant qu'elle porte et percevra deux cent mille francs...

Germinie Lacerteux, Edmond et Jules de Goncourt

Ce récit nous plonge dans le monde des petites gens au XIXe siècle. Les frères Goncourt dressent un portrait sans complaisance d'une femme ordinaire qui, par amour, ou parce qu'elle a été traumatisée étant jeune, va sombrer dans la déchéance...

Nana, Émile Zola

Nana est une femme que la pauvreté amène à devenir courtisane. Belle et provocante, elle affole les hommes, même les plus hauts dignitaires de l'État, que ses caprices poussent à la déchéance dans le Paris du Second Empire, le Paris des lettres, de la finance et du plaisir.

● ROMANS HISTORIQUES

Les Misérables, Victor Hugo

La bataille de Waterloo, Paris, les barricades, le bagne... Fantine, Cosette, Jean Valjean, Gavroche, les Thénardier... Les événements, les lieux et les héros de ce roman sont devenus les plus célèbres de toute la littérature française. Jean Valjean, condamné au bagne, n'aura de cesse de retrouver sa dignité tout au long de ce récit à la fois réaliste et épique qui constitue également un plaidoyer flamboyant en faveur du peuple.

Ivanhoé, Walter Scott

En Angleterre, Wilfrid d'Ivanhoé rentre de croisade où il a combattu aux côtés du roi Richard Cœur de lion, prisonnier en Autriche. Il participe à un tournoi à Ashby sous le nom de Chevalier Déshérité où il affronte Brian de Bois-Guilbert, un Templier normand. Normands et Saxons, adversaires et partisans du Prince Jean, frère du roi Richard, s'affrontent. Ivanhoé fera tout pour aider Richard à reprendre son trône.

Bug-Jargal, Victor Hugo

Bug-Jargal est le premier roman écrit par Victor Hugo, à l'âge de seize ans. Il y relate la révolte, en 1791, des noirs de Saint-Domingue et y dénonce l'esclavage à travers le personnage principal, esclave amoureux de la fille de son maître. Ce texte à résonance sociale contient déjà en germe l'œuvre future de Victor Hugo.

Les Trois Mousquetaires, Alexandre Dumas

Pour le prochain bal qui aura lieu à la cour, le roi Louis XIII demande à son épouse, la reine d'Autriche, de porter son collier de diamants. Or, la reine a imprudemment offert ces joyaux à son amant, le duc de Buckingham. Le jeune d'Artagnan, Athos, Porthos et Aramis, les inséparables mousquetaires du roi, ont pour mission de retrouver la parure. Au plus vite, et dans le plus grand secret.

Quatrevingt-treize, Victor Hugo

Quatrevingt-treize relate une année noire de la Révolution française, qui vit sévir la Terreur, racontée à travers trois personnages symboliques : le marquis de Lantenac, aristocrate incarnant l'Ancien Régime, son neveu, Gauvain, défenseur de la République, et un homme du peuple, Cimourdain, père adoptif de Gauvain.

Histoire d'un conscrit de 1813 et *Waterloo*, Erckmann et Chatrian

1813. Joseph Bertha est un jeune horloger sur le point de se marier. En Russie, la guerre fait de nombreux morts et Napoléon 1er décide une grande conscription afin de recruter de nouveaux soldats. Joseph, boiteux et inexpérimenté, se retrouve conscrit. À travers le récit de ce personnage fictif, inspiré de ceux de vétérans de la Grande Armée, les deux auteurs livrent un témoignage réaliste sur l'horreur de la guerre. Dans *Waterloo*, la suite de *Histoire d'un conscrit de 1813*, ils relatent la campagne de 1815 et la bataille qui sonna le glas de l'épopée napoléonienne.

• QUELQUES ŒUVRES CINÉMATOGRAPHIQUES

Le Colonel Chabert (1943)
de René Le Hénaff avec Raimu

Le Colonel Chabert (1994)
d'Yves Angelo avec Gérard Depardieu, Fabrice Luchini, Fanny Ardant

Le Retour de Martin Guerre (1982)
de Daniel Vigne avec Gérard Depardieu

Au XVIe siècle, Martin, après avoir longtemps fait la guerre, revient dans son village dont les habitants doutent de son identité.

Sommersby (1993)
de Jon Amiel avec Richard Gere

Adaptation du *Retour de Martin Guerre* transposée dans le contexte de la guerre de Sécession.

Table des illustrations

Iconographie : Hatier Illustration
Principe de maquette : Marie-Astrid Bailly-Maître & Sterenn Heudiard
Suivi éditorial : Laurence Daboval et Charlotte Bergeron
Illustrations intérieures : Erwan Fages
Mise en page : CGI

Achevé d'imprimer par Grafica Veneta à Trebaseleghe - Italie
Dépôt légal n° 94880-0/02 - Avril 2012